A cor de dentro

Rute Albanita Librelon

A cor de dentro

Copyright © 2019 de Rute Albanita Librelon
Todos os direitos desta edição reservados à Editora Labrador.

Coordenação editorial
Erika Nakahata

Acompanhamento editorial
Sarah Czapski Simoni

Projeto gráfico, diagramação e capa
Antonio Kehl

Preparação de texto
Laila Guilherme

Revisão
Isabel Silva

Imagem de capa
Antonio Kehl

Dados Internacionais de Catalogação na Publicação (CIP)
Angelica Ilacqua – CRB-8/7057

Librelon, Rute Albanita
  A cor de dentro / Rute Albanita Librelon. – São Paulo : Labrador, 2019.
  144 p.

  ISBN 978-65-5044-020-6

  1. Crônicas brasileiras I. Título.

19-2311   CDD B869.8

Índice para catálogo sistemático:
1. Crônicas brasileiras

Editora Labrador
Diretor editorial: Daniel Pinsky
Rua Dr. José Elias, 520 — Alto da Lapa
São Paulo/SP — 05083-030
Telefone: +55 (11) 3641-7446
contato@editoralabrador.com.br
www.editoralabrador.com.br
facebook.com/editoralabrador
instagram.com/editoralabrador

A reprodução de qualquer parte desta obra é ilegal e configura uma apropriação indevida dos direitos intelectuais e patrimoniais da autora.

A editora não é responsável pelo conteúdo deste livro.
A autora conhece os fatos narrados, pelos quais é responsável,
assim como se responsabiliza pelos juízos emitidos.

Caro leitor,

Esta obra é a coletânea de textos que fui compondo ao longo de anos. Convido você a degustar cada capítulo. Eles foram escritos na cama quando estava aflita, na varanda em madrugadas solitárias ou em domingos longos demais. Elaborei fragmentos de sentimentos, deitada na praia, na cozinha enquanto aguardava o feijão ficar pronto, nos intervalos do trabalho.

Nestes relatos, você lerá um ziguezaguear de emoções. Uma montanha-russa de palavras e conflitos. A vida como é, com seus altos e baixos. Compartilho, com você, minha vida, sentimentos, indignação, emoção, resiliência, alegria, simplicidade, poesia, desespero e amor.

A você, meu respeito e meu carinho. Agora não estou sozinha, você me acompanhará nesta roda-gigante com sua beleza, altura, descida, desapegos e ternura.

Gratidão.

Rute Albanita Librelon

Dedico esta obra principalmente a meu filho, Vinicius, razão da minha existência e do meu equilíbrio constante. Agradeço a Giovanna, minha irmã, que com seu sorriso ilumina a todos. A meus sobrinhos, Lucas e Victor, presentes de Deus à minha vida.

Sumário

Lugar de mulher é onde ela quiser 13
X ou V? 17
A delícia dos 40 anos 20
Pernas bambas 23
Sem Merthiolate 25
Você já disse "eu te amo" para o seu filho hoje? 31
Pelos olhos de uma acompanhante 34
Dia de domingo 49
Vidro e ventania 52
Discos de vinil 55
A alma das casas 58
A vida por um fio 61
Quantos de você? 63
Nudez 67
Baú de sonhos 70
Identidade assumida 72
Ela é carioca! 75
Canto da memória 78
Histórias cruzadas 81
Proibido para homens 87
Segunda pele 90

Síndrome do apego 92
Para que príncipes? 96
Água quente ou água morna? 100
Rio de Janeiro fragilizado 102
A vida acontece aos catorze 105
Gentileza já! 108
Insana 110
De cristal 111
Ano-Novo 114
Corda bamba 116
Saudade – alguma definição 119
Máquina do tempo 123
No limite 125
A cara do Rio 128
Pequenos prazeres 130
Online 132
A decisão é minha! 134
Vintage 136
Quem manda no meu corpo sou eu! 139
A cor de dentro 141

Lugar de mulher é onde ela quiser

Não fui eu quem inventou o título. A inspiração do texto veio de um quadro que comprei na rodoviária Novo Rio, quando acompanhei minha prima Lirane para trocar uma passagem. No entanto, vemos essa frase em muitos outros lugares. Ainda bem! Quanto mais, melhor!

Nem sempre as pessoas entendem, e eu as compreendo, pois cada um tem seu próprio tempo, mas minhas experiências me conduziram a esta posição e este pensamento.

Alguns comentam que sou feminista pelo que posto nas redes sociais e pela minha defesa dos direitos da mulher. Considero um elogio. Respondo e afirmo que sou, sim, a favor das mulheres, dos seus sonhos, que sejam donas do próprio corpo, que sejam Senhoras de si mesmas. Não há nada mais delicioso que descobrir e desfrutar a própria liberdade. Liberdade de ser, de mudar, de viver!

Mulheres devem vestir o que desejam, dizer não e sim conforme o chamado de sua intuição. Se almejar ser mãe e dona de casa, ótimo! Se desejar ser empresária, sucesso! Opta por morar só? Legal! Não quer a maternidade? Maravilha! Sonha em ter cinco filhos? Beleza! Escolhe ficar solteira? Divirta-se! Ama ser atleta, correr e jogar futebol? Espetáculo! Balé é sua paixão? Encante! Quer se relacionar com outra mulher? Que sejam felizes! Almeja um companheiro que esteja ao lado como parceiro de vida? Delicioso!!!

As escolhas estão diante de nós: andar de rasteirinha ou salto alto? Ah, o poder de decidir ir à festa de longo ou em um vestidinho que exiba as coxas. Fio dental por baixo ou uma cinta que encolha a barriga, tá tudo bem se a decisão vier da intenção pessoal. Mas, e se a mulher preferir dizer sim a ser subestimada, ferida, xingada, desrespeitada, o que fazer? Respeitar sua decisão. Mas, veja bem, conversar com amor, tentar sentir sua fragilidade, talvez seja uma prova de amizade. Ela pode perceber que a vida pode oferecer oportunidades mais gentis.

Acredito que respeito é a palavra que a tudo define como saudável. A sociedade ainda caminha para isso. Os passos são lentos, contudo o caminhar acontece.

Não escrevo nada seguindo modinha. Mas é claro que leituras, palestras, conhecimento agregado esclarecem meu ponto de vista e me trazem mais tranquilidade, mesmo diante de algumas tempestades.

Eu casei novinha. E, quando fiz meus votos de "para sempre", era uma menina da igreja, que tinha como rotina: escola, casa, igreja, cursinhos e férias em família. Cresci vendo minha mãe se ajoelhar para tirar as botas do meu pai e implorar que ele dormisse com ela. Dormia ouvindo ela bater na porta da sala, esmolando seu corpo e sua presença. Lembro que tínhamos na sala aquela mesinha com rodinhas, e minha mãe organizava as refeições em louças bonitas e com capricho! A parte mais suculenta da galinha ou da carne era para meu pai. Eu fui ensinada que devia estudar e casar. Assim fiz.

Eu era obediente e não tinha o hábito de questionar. Com os olhos, eu e meus irmãos entendíamos tudo. O tudo era a obediência. Não digo que meu pai era ruim, mas trouxe de sua aprendizagem e cultura esses hábitos. Assim era minha avó Rita com meu avô Sebastião. E também minha avó Amélia com meu avô José. E lá estávamos nós, olhando e vivenciando aqueles ritos de geração a geração. Um ciclo cultural, repleto de nuances ditatoriais, no qual sem saber (até chegar na terapia, anos mais tarde) estávamos nos enredando. Muitas situações se tornariam quase insustentáveis. Quando componho textos sobre liberdade, olho para as cicatrizes e concebo seu valor.

Fui criada pelos meus pais com o amor e a educação que eles sabiam dar. Eles tinham planos pra minha vida, desejavam que eu me casasse e, quando namorei, imaginei que estava apaixonada. Talvez estivesse... Eu acreditei que me casaria com um príncipe. Revelo que, naquela época, acreditava que servir a ele, ainda que eu fosse inexperiente como dona de casa, era realmente o certo a ser feito.

Ainda estou me perguntando se as princesas precisam mesmo dos príncipes para resgatá-las, para amá-las. Elas não podem ter seu próprio cavalo, lutar seus combates? Ter suas próprias espadas? Esperar um príncipe e necessitar dele, almejar seu amor, é cansativo e dolorido. Se nós, mulheres, pensarmos bem, podemos ter um amor em nossa vida, mas também podemos usar nossas asas e levantar voo quando a caminhada machucar nossos pés.

Não deixei de acreditar no amor, devo até ter uma veia romântica, mas chega uma hora em que estabelecemos que realmente é preciso pensar e mudar nossas atitudes.

Retornando ao assunto do meu casamento, que, aliás, não foi bom. Há um tempo eu era incapaz de mencionar o assunto. Tema tabu. Não me sentia capaz de afugentar lembranças e com as memórias revivê-las. Para dizer a verdade, meus escritos a caneta sobre aquela época me espreitam ao lado da cama. Eu escrevia quase tudo, e logo terei diálogos noturnos com esses cadernos. Eu escreverei sobre tudo que está lá. Prefiro trazer à tona a vê-los ser devorados pelas traças.

O homem que escolhi para viver até a morte era um tipo gente boa, de risada larga e simpática. Era impossível conhecê-lo e não considerá-lo um excelente partido. Todo mundo gostava dele. Se algo dava errado em nossa relação (e muito dava errado), certamente eu colocava a culpa em mim e pedia desculpas. Tudo que eu almejava era a perna dele entre as minhas quando fôssemos dormir.

Eu não entendia muito bem as leis. Ele não me batia, no sentido literal da palavra. O que ele fazia ia além dos machucados físicos. Mas eu entendia de choro que tem voz, berro, grito, que dá nó na garganta... de deitar no chão do banheiro pra que as águas quentes se misturassem às minhas lágrimas. Sofria sozinha, apenas escrevia... Eu tinha vergonha de falar sobre o caos que vivia. Hoje compreendo que fui conivente com toda a maldade, mas simplesmente não sabia como sair de uma prisão e grilhões invisíveis.

Não dá pra condensar treze anos em um capítulo, mas para justificar o título, se ele não gostasse da comida que eu fazia, jogava no chão. A metade de seus sucos, água, cerveja não era despejada no ralo da pia da cozinha, nem no chão, ou no vaso do banheiro, era no meu rosto. Ele fez isso muitas vezes. Eu me encolhia por dentro e por fora, mas acreditava que não poderia perder seu amor e, mesmo sabendo que aquilo tudo estava muito errado, eu colocava minha lingerie e deitava na cama para que ele me abraçasse. Aprendi que era na cama que as coisas se resolviam. Se isso não é se prostituir, o que mais é? Só que eu ganhava um café da manhã na cama, um beijo, até as próximas horas trazerem o mesmo drama de novo.

Antes de eu passar em um concurso público, ensinava em casa, dando aulas particulares. Eu ficava com nosso filho pequeno e muitas crianças, enquanto ele ia para a praia. Todo o dinheiro eu entregava em suas mãos. A essa altura, você deve estar me chamando de burra, mas eu estava preservando meu casamento, eu não estava preparada, eu simplesmente fazia.

Quando eu estava diante do espelho, ele me chamava de feia, nojenta, e dizia que ninguém além dele me desejaria, que eu jamais conseguiria alguém melhor que ele. De dia eu era a filha da puta, a cachorra, à noite eu era sua rainha. Todo mês me trazia ursinhos para relembrar nosso casamento. Ele me presenteava com flores e me levava ao shopping, à praia, e viajávamos. A gente andava de mãos dadas. Meu coração sabia como as coisas aconteciam de verdade.

Mas por ora é só. Há histórias que ainda escreverei, pois vou abrir a caixa de Pandora, com detalhes, o que faz com que eu comemore todos os dias minha liberdade e de alguma forma mostre às mulheres que vivem numa redoma que é possível arrancar os grilhões e viver.

Logo conversamos de novo.
LUGAR DE MULHER É ONDE ELA QUISER.

X ou V?

Estou divorciada, solteira. Não tenho cobertor de orelha nem nos feriados nacionais. Já andei fazendo minhas procuras no Tinder, Happen, Badoo, Pof e até em sites estrangeiros. Você, que se conectou a algum desses aplicativos sabe bem o que estou escrevendo aqui – tem um X, ou um V de "ticado". Ali se pode dizer um "oi", isto é, se a pessoa do outro lado do bairro, cidade, ou país resolveu que você também era um "objeto" interessante na "prateleira". Os aplicativos de relacionamento estão cada vez mais envolvidos com a tecnologia para contribuir com sua coleção de histórias românticas (ou não) ou arrumar, de uma vez por todas, o amor da sua vida.

É engraçada, para não dizer dramática, a sensação repentina que aquele momento de ter sido "ticada" te dá. Confesso que há alguns anos me empenhei de forma comprometida nesses sites. E afirmo que tive três namorados bem legais. Isso implica força de vontade, madrugadas, paciência, disposição, vontade imensa de encontrar alguém que alivie sua carência. (A carência é um alarme falso!) Confesso que é um ótimo passatempo ficar virando as páginas no *touch* da tela do celular. Com o tempo, a pessoa se torna especialista nesses aplicativos. É discutível se isso é bom ou não.

Não sei até onde somos capazes de ir para encontrar a tal tampa da panela, a metade da laranja, a alma gêmea que Zeus separou. Eu não encontro nem as tampas das panelas que eu compro (e eu quero

MESMO ser tampada?). Há homens que não querem uma conversa, mas querem que você calce sapatos altos em pés e unhas perfeitas. Nada contra fetiches, mas uma conversa, ou alguns beijos, ou muitas outras coisas até chegar no dedão do pé ou sei lá o que mais. Sem preconceitos.

Em um encontro, os diálogos iniciam quase sempre assim:
– Oi.
– Fala de onde?
– Faz o que na vida, AMOR?
– Qual a BOA de hoje?

Um dia você descobre uma conversa legal, passa seu "zap" e inicia intermináveis "bom dia, tá fazendo o quê?", e então você decide que vai ao tal encontro. Conta para cinco amigas a que shopping você vai, *printa* todas as conversas, pois você não quer ser um corpo (Deus nos livre) sem pistas; mas não para por aí... Antes disso, há uma preparação insana para o "casamento feminino imaginário". Pois a preparação é de noiva em spa. Embora nunca tenha conhecido pessoalmente o ser de fotos selecionadas, há um ritual que inclui: cabelo, depilação (vai que...), calcinha nova (ir de calcinha que não é nova? Que má sorte! De jeito nenhum!). Experimenta umas dez roupas antes de escolher a que vai usar. Vulgar demais, decente demais, muito decote, curta, longa. Então, chega a vez dos sapatos: sapatilha, salto alto? E se ele for baixo, alto, que ritual mais cansativo! Um cara com quem você trocou meias palavras e se percebe enlouquecida. Vale a pena? Que carência é essa? É mesmo necessário?

O local do encontro está marcado. Finalmente, você avista o ser humano das visões e ele parece mais normal do que você imaginava; dois beijinhos, ele senta, pergunta o que você quer comer... Ele nem bebe cerveja..., enquanto seu estômago está vazio e nesse momento desejando algo que faça sentido: uma linguicinha na tábua, torresminho, picanha fatiada com aquele molho espetacular! Hummm... Já que a conversa não desencana, ele pergunta se não quer dar uma volta no carro dele. Daí depende do grau e do tempo do seu desespero, pois você sabe muito bem qual é a volta que vai dar. Não, geralmente não inclui mãos dadas, observar as estrelas, contemplar a Lua, poesias, mas, falando sério, não era bem isso que estava nos planos, ainda que tenha gastado uma grana para tirar TODOS os pelos do corpo. Sem querer, você pensa na grana que gastou com o cabelo, que, a esta hora, com todo suador já levou a chapinha embora.

Não quero ser chata, nem pessimista, muito menos hipócrita, pois já namorei homens legais que conheci em aplicativos. Hoje uso mais como objeto de estudo. É interessante ler as descrições depois de um tempo. Como eu disse, conheci pessoas maravilhosas, homens que nunca vi e que se tornaram amigos virtuais. Mas internet é rua, engana, mente, então cuidado. Não se arrume tanto, nem compre roupas. Posso dar uma dica básica e útil: sair com amigas para gastar seu dinheiro pode ser incrivelmente mais divertido! Dançar, rir, gargalhar, tirar os sapatos pra sambar é ainda mais gostoso. Falar um monte de besteiras, rir de qualquer coisa. E, quem sabe, talvez tenha até alguém legal por lá!

Há pessoas boas e ruins em todos os cantos. Não desista de ser feliz, de procurar o que busca; apenas vá consciente e, claro, avise para umas dez amigas quem é a pessoa com quem sairá. Bom, tente não entrar no carro dele caso você não esteja desejando a mesma coisa. Eu sei, isso é bem pessoal...

Meu desejo é ainda encontrar um parceiro gente boa, mas atualmente adoro chegar na minha casa, comer o que estou com vontade, ver uma série, ir a shows que EU gosto, sair com amigas e rir, falar muitas sacanagenzinhas... Confesso aqui: meus aplicativos estão todos no celular. Quem sabe, não é mesmo?

A delícia dos 40 anos

Então você acorda com 30, 40, 50, 60 anos, ops! Já? Parece que foi um voo apressado sem escala ou conexão. Nada de um minutinho para pisar em solo firme.

Bom, ainda estou nos quarenta e, se em um momento achei que foi tempo demais, em outro uma voz cisma em sussurrar que ainda tenho que maratonar pra viver. Mas o que seria viver? Qual é o significado dessa palavra pra você? Nadar contra as ondas ou boiar e aguardar elas te levarem?

Sinto-me em uma gaiolinha de *hamster*. Eu sou o próprio bichinho correndo desesperado naquela roda giratória. Uma corrida que alcança o nada. Seria esse o significado de vida?

Sei que, durante esses anos, a maior parte da vida tem uma síntese estranha: acordar, tomar banho e café. Tudo muito rápido! Correr para o ponto e rezar para o ônibus parar. Pressa para chegar no trabalho, cumprir compromissos. Após o dia esperando a noite, acelerar os passos para chegar em casa, arrumar a cozinha, lavar a louça, limpar o banheiro, alimentar os animais. Ufa! Claro que não para por aí. Enquanto se cumpre a rotina que concede o pão nosso de cada dia, o corpo habita em um ambiente e a mente está em vários outros locais: na janta da noite, no ginecologista que demorei pra ir mas não adiantou muito, pois esqueci de buscar o resultado do exame. Lembro que o pediatra disse que meu filho precisava fazer uma radiografia. E tem o cachorro que ainda não levei para castrar.

O açúcar acabou e preciso dar um jeito de ir ao mercado. Recordo que não consertei aquele problema da máquina de lavar, e daqui a pouco estraga de vez. Enquanto mexo a panela, totalmente desconcentrada, percebo a lágrima salgar meu arroz. Eu esqueci de ligar para minha melhor amiga no dia do seu aniversário. Eu tinha prometido a mim mesma que isso não aconteceria novamente.

A mente não para nunca, o corpo também não, mas estão em estações diferentes. Deixo queimar o feijão e guardo o fósforo na geladeira.

Ir ao cinema parece evento pra abrir o champanhe. Acabo deixando pra ver algum filme em casa mesmo.

Conectada ao mundo por um fio. Um *hamster* pendurado com a correia no pescoço circulando entre os mesmos bairros, fazendo em repetição os mesmos serviços, tornando a ingratidão palpável.

Lembro-me da menina que via animais quando olhava para as nuvens. Muitas vezes eu rabisquei o céu com a pontinha dos dedos. Dei forma e assoprei para que elas se dissipassem no azul do céu.

Até o Pequeno Príncipe consegui encontrar, e juro que também enxerguei o elefante. A pressa era uma palavra e um sentimento inexistentes. Só o agora, perfeito, preenchia a alma.

Fui aquela que contava segredo para as estrelas. Deitada no chão à procura das constelações tão brilhantes: Órion, Cruzeiro do Sul, Escorpião. A Lua sempre foi uma grande paixão... Também o pôr e o nascer do sol.

Desde garotinha, sou daquelas que desejam ser encharcadas pelas águas do céu. A chuva é uma gratidão. Poderosa ou mansa. A praia é dádiva. Ainda me comove ficar sentada na praia de Ipanema e assistir o sol sumir entre o morro Dois Irmãos.

O que houve com as possibilidades? Em que esquina eu esqueci os sonhos praieiros das conquistas paradisíacas do Nordeste? Depositei-os em uma caixinha de papel ou num saco plástico? Escrevi em um papel, dobrei, enfiei numa garrafa e lancei ao mar? Por que, ora bolas, se estreitou tanto o sonho de ouvir o canto de pássaros que só se escuta no Pantanal? Estará debaixo do meu colchão ou em cima do armário o desejo de ver de perto alguns dos rios amazonenses? Perdi os sonhos, meu Deus?

Fui encapsulada pelo cotidiano, por contas, obrigações. Inventei em mim um monstro que me mastigou e devorou? Quem sou eu? Eu me tornei contas?

Quero reviver as esperanças. Renovar as loucuras, ousar o que temo, deixar a pieguice do medo e mergulhar gostoso nas águas frias do mar.

O monstro que criei se tornará meu cúmplice e devorará as grades dessa gaiola, da prisão em que entrei, tranquei e joguei o cadeado fora. Não haverá mais grades, esse círculo irá girar para bem longe. Vou desbravar o mundo. Mochilas nas costas, botas, chinelo, pés descalços. Lua e Sol. Mar e areia... Parar na pousadinha da beira da estrada. Conhecer as lindas culturas das pequenas cidades.

Irei ouvir o som do passarinho em vez de tantos tiros.

Ouvir o barulhinho dos grilos e das cigarras. Apreciar a joaninha, que não vejo há anos. Ainda existem vaga-lumes? Quero apreciar e reviver.

Andar a pé à noite, casaquinho no ombro. Degustar um vinho novo.

Dizer "basnoite" para o desconhecido, quem sabe trocar uma prosa durante a caminhada.

Saudade de gentilezas gratuitas. Cansada dos portões de grades de ferro, de gente que trai uma vida amiga por um prato de lentilhas.

Quero com urgência a vida simples que me liberte dessa gaiola chamada relógio...

Ah, escrever é minha melhor paranoia.

Pernas bambas

Pensei que não me apaixonaria mais. Já faz um bom tempo que não sinto o coração acelerar nesse compasso ou descompasso. Parece a bateria de escola de samba do Salgueiro fazendo seu ensaio.

Quando ele me toca, cada célula do meu corpo reage. O arrepio vem desde o início da nuca e faz com que os pelos e a umidade da minha pele entrem em colapso. Tremo. Sinto que o encostar da blusa causa arrepio em meus mamilos. As pernas bambeiam. Será que consigo disfarçar? Ele percebe que meu corpo perdeu o controle de si e está entregue?

Não tem idade pra isso. O consciente, essa razão fora de hora, diz que sou velha pra isso, e me sinto um pouco ridícula, fora do quadrado por perceber o estômago se contrair, o abdome se mover como se houvesse uma criança ali dentro, quando a hora de encontrá-lo se aproxima.

A tal pergunta sopra no meu ouvido feito brisa: Será que sou capaz de amar? Estou pronta para esse alvoroço? Esse esperar constante, impaciência, tesão, ciúmes?

Na distração do trabalho, lembro quando esse homem estala meus dedos, toca meu rosto procurando cravos pra espremer e depois vem com gelos envoltos em um paninho para amenizar o estrago feito. Não me importo: o toque, por si só, é um orgasmo da alma.

Enquanto alguns precisam de KY, sei que quando ele beija meus cabelos eu me derreto inteira. Se me olha com seus olhos reflexivos perco a voz, o chão e a lucidez. Mata-me que nunca saberei seus pensamentos enquanto me domina, pois serão sempre segredos.

Ele é meu contraste, meu avesso, meu lado sombrio. Enquanto rio para as paredes, ele se mantém sério em seus projetos, planos, investimentos... Quando sorri, minha ousadia vira timidez... Talvez seja o efeito das covinhas e do acanhamento distraído. Como se eu fosse uma cesta de basquete, lançou mil vezes que vivo num mundo de conto de fadas, do qual não tinha como fazer parte do jogo.

Desejei desmedidamente que essa história que mal ganhou tempo para ser nomeada "história" tivesse vida. Que pudéssemos viajar mais, conhecer as belezas desse mundão e eu agarrasse tuas mãos toda vez que tivesse medo das decolagens de avião.

Com ele, o luxo do restaurante, o silêncio na praia à noite, sentar numa cadeira de praia e dizer absolutamente nada, o boteco simples logo ali na esquina e nossa cerveja... Qual o tempo que o relógio permite a perfeição? A eternidade é estranhamente relativa.

Perdia literalmente o curso da linha, tinha "tiliques" nervosos, crises de ciúmes infantis. Ele mantinha a calma para cuidar do meu pileque e da ressaca... Agradeci por tirar os espinhos dos meus pés quando com raiva pisei nos ouriços nas lindas águas claras de Porto de Galinhas. E eu tinha idade pra fazer pirraça? Mas ainda assim, depois de todo o circo completo que fiz no paraíso, colocou meus pés em cima do seu colo. Ficou sério mas depois me beijou e misturou seu suor ao meu.

Sem Merthiolate

Estou eu de novo por aqui, nessa página branca que vou preenchendo com símbolos. Estou escutando Maria Gadú, linda voz. Bem verdade que o som me inspirou a vir acampar uns minutos na nostalgia. "*Eu tô na lanterna dos afogados...*"

Repare bem nas letras da maioria das músicas. Das tristes, destaque as frases e as leia em voz alta. Retire a névoa provocada por instrumentos que te faz erguer os braços, movimentar o corpo e cantar. O espírito levita, mas as letras compostas são a prova de um humano torturado em suas inquietações.

Meu mundo virou do avesso, de ponta-cabeça. Existe uma corda bamba, e de onde estou avisto um abismo. Não consigo enxergar sua profundidade, mas é escuro... Meu coração acelera, e tenho medo. Com os braços esticados na altura do ombro, feito malabarista em seu show circense, sigo tentando manter o equilíbrio sobre os pés. Um pé de cada vez, um na frente do outro, bem devagar. Contudo, como não cambalear às vezes ou tropeçar numa pedrinha que até as formigas ultrapassam? Ergo a coluna, posiciono-me novamente e sorrio. Um dia ouvi de um amigo: *Apenas sorria*. Carrego para a vida. Não é normal sorrir em uma corda bamba. Mas a gente ri assim mesmo.

Dói escrever tão pouco, enquanto em minha mente as palavras não sossegam. As letras pulam feito crianças em parque. As frases se perdem como se estivessem em um labirinto. Os pés ainda na corda, e as mãos estão bem trêmulas. Como desenhar expressões?

Hoje, quando a noite já dava sinais de sua chegada e a luz natural fazia falta, acendi o abajur e sem planejar fui procurar a esmo um livro na estante de casa. A tentação dos cadernos amarelados pelo tempo foi maior, não resisti. Estão todos embrulhados em sacos plásticos para as traças não devorarem e o tempo não mastigar suas letras pretas e azuis.

Tenho produzido linhas escritas, provando e reprovando minha alma, desde que aprendi a juntar as sílabas e formar frases. Folhas soltas, agendas e caderninhos velhos sempre foram meu porto seguro, o lugar no qual eu podia ser eu mesma, longe das durezas, longe de todos, da hipocrisia que dia a dia eu ia descobrindo no outro, nas máscaras caindo e aterrorizando uma garota que mal conhecia seu lugar no mundo. (Não mudou muita coisa atualmente, mas a casca engrossou um pouco.)

Era ali, ainda pequena e sem experiência de vida, que eu desvelava mistérios, acordava o autoconhecimento e de algum jeito oferecia-me a jogar em algum lixo os desgostos de uma criança e adolescente. Mal sabia que dentro de nós há camuflada uma enorme lixeira.

Naquela noite, virando as páginas dos cadernos, fotos, bilhetinhos e cartas coladas, deparei-me repentinamente com a insanidade de minha humanidade. Eu me descortinei e presenciei sem espelhos uma tremenda farsa. O sorriso não era exatamente o que achava que era, afinal meu comportamento não condizia com o que escrevia e escrevo. Era como um instrumento mal tocado, de notas erradas, acordes trocados. Desafinação. Tristeza destilada, palpável, derramada em palavras, e quanto sorriso ao mesmo tempo! Loucura em essência? Como era possível? Analiso em vão fotos sorrindo, palavras, sentimentos e gargalhadas. E, ainda hoje, o conhecer da estranha que habita meu corpo.

Não enxergo como demérito expor ao outro o que sinto. Aqui é meu lugar. Meus papéis estão guardados em pastas, envelopes amarelados e manchados em gavetas, prateleiras. Na infância, a época de verdades desconhecidas e aprisionadas precisava ser segredo. Temia, por inocência, repressão, o que descrevia minha intimidade sombria. Não mais. Hoje, sou mulher, não uma menina com medo do que pensam, do que sou, ou acham que sou. Trabalho e sustento minhas dívidas, meus impostos e minhas angústias. Aprendi a admitir erros e engolir em seco, raspando a goela com as decepções. Que jeito? Humana, sofri sozinha sem ninguém sequer supor, mas meu sorriso nunca saiu dos lábios. Posso afirmar, inclusive, que possuo ou possuí um humor invejável. Quem foi que percebeu a diferença? Ninguém.

Todos, incluindo eu mesma, mascarados, tendo ou não ciência. Estamos muito ocupados para olhar dentro dos olhos do outro, ou até dentro de nossa profunda intimidade. É uma maldade com o tempo disponível em nossa peregrinação misteriosa.

O "gatilho" despertou o meu contrário, o avesso da menina crédula, sonhadora. Não que eu tenha deixado de amar o que e quem amo. Atualmente, dedico tempo ao questionamento do que presumia serem as minhas verdades absolutas. E o que há de absoluto? Verdades inquestionáveis? Pelo amor de Deus! Não... Contraditório? E o que não é? Talvez apenas o aqui, agora.

Nesse disparo de gatilhos, feito metralhadora ponto 50, tudo se tornou confusão, surdez, cegueira, nevoeiro de serra. Desentendi o espaço, as pessoas, o eu. Deixei de ser, desapareci, e senti com intensidade o que é estar à beira do precipício.

Não havia compreensão dos próprios movimentos, pernas, braços, o desejo insano da apatia corporal. Desdenhei as delícias que tinha como maravilhas do corpo e espírito. É obscura a situação inusitada de perder o gosto pelos sentidos. A alienação foi exposta e, antes que eu me desse conta, já estava sendo julgada, apontada. Olhando sem enxergar, percebendo sombras da desumanidade diante de uma doença visível em seus sintomas, mas oculta.

E o mundo não foi mais o mesmo. Cabeça arrastando no chão, pés pro alto desconcertados. Uma palhaça do medo em um espetáculo de horrores. Percebi que conhecidos e desconhecidos continuaram inteiros (ou não) em seu universo. Era eu quem estava "errada" e, até chegar ao ponto quase exato de considerar que as coisas são como são, e me importar menos com as ideias preconceituosas e os discursos ignorantes das pessoas, sofri.

Não decifro como um sofrimento de tristeza. Defino como uma morte lenta, um veneno que se bebe gota a gota a cada manhã. Espantoso que não há quem te arranque o veneno das mãos, te sacuda, te bata na cara pra te acordar deste pesadelo interminável.

A cama e o teto são companheiros desta viagem surreal. O lustre é a imagem constante em pessoas que passam por isso. O mundo é visto, tocado, sentido, vestido, moldado com cores, formas, nuances completamente diferentes. É uma realidade paralela, cinzas das cores, cinzas do fogo. Aquilo que restou que não é, e não será.

A depressão habita na escuridão e dissimuladamente lhe oferece fósforos, velas finas que queimam as mãos e o coração com cera quente que pinga sem parar. A luz é suficiente para olharmos as pessoas de um jeito jamais imaginado. E são nesses ápices que a alma evolui. Palavras não podem expressar com o mais eficiente estudo a complexidade do cérebro e a radicalidade de suas metamorfoses.

Talvez apenas o sofrimento possa te tornar (ou não) uma pessoa mais tolerante, quieta e observadora. Quando todo o seu grito faz adoecer suas cordas vocais, ainda que nenhum som seja emitido, quando todo o discurso de desculpa chega ao fim, a desistência te obriga a manter distância e apenas olhar. Olhos foscos, secos, sem brilho nem luz.

É estranhamente doloroso, porém necessário, mergulhar dentro de si mesmo para tocar nas próprias vísceras, sentir com as próprias mãos o bombear do coração, tocá-lo como quem toca em queimaduras recentes, entender a respiração, seus desatinos, paradas e a volta à calma. Apalpar as próprias feridas e compreender onde estão e como irá tratá-las.

Depressão não se cura da noite para o dia, e, quando falamos em psiquiatria, psicologia, terapia, olham torto, dizem não haver necessidade, que você não é maluca, que ir a psiquiatras te enlouquecerá. Confesso, quando palavras insensíveis vêm de quem você ama, ou você imaginava que te amava, machucam e torturam numa intensidade inimaginável. É possível tocar a dor, carregar a dor na palma da mão, e ela escorrega, e, se não há sangue, criamos o vermelho grosso.

Há o emudecer. A boca chega a ter gosto amargo, pois a conversa com outros não é praticada. A língua fica aprisionada ao céu da boca e se une ao gosto ruim das medicações para que haja sono, humor, alegria, disposição.

Jamais imaginei que sentimentos fossem vendidos em caixinhas com uma tarja preta ou vermelha no meio.

É preciso escurecer o ambiente, se enrolar num edredom e ficar ali, dormindo, acordando, não atendendo mais ao telefone, pois as pessoas machucam. Seus "amigos" te cortam em mil pedacinhos, e a angústia não se decifra. Apenas, e somente apenas, quem passou ou passa sabe o que é o enforcamento sem final. Pés pendurados, cabeça que não pende, ar que diminui mas não se vai.

Eu tento me fortalecer em Deus, nas meditações realizadas de boca lacrada, no silêncio, num sussurro de quase morte. Em monólogos noturnos com Ele, recordei versículos bíblicos que meu pai me ensinou, e os repetia mentalmente como mantras.

Tive forças para procurar compreender a doença, li bastante, assisti a vídeos, descobri pessoas como eu e que isso é *apenas* uma doença. Era necessário ser tratada como quem vive com diabetes, como quem precisa recorrer à hemodiálise. Mas nenhuma dessas ou outras carrega com ela o fardo do PRECONCEITO.

"Larga esses remédios!"

"Levanta dessa cama!"

"Quer aparecer!"

"Tá fugindo do trabalho!"

"Vai tomar seu remedinho, vai!"

"Já tomou seu rivotril hoje?"

Dói. Dor.

Procuro sempre ter encontros sinceros comigo mesma, e me descubro uma nova mulher. Redescubro que a história que vivi e me trouxe a esta fase teve suas delícias e tragédias. Resolvi escancarar minha alma para meu próprio conhecimento a fim de compreender quem sou eu, e pronta para desmistificar essa bobagem de temer dizer "Tenho depressão".

Falar "Meu psicólogo, analista, terapeuta, psicanalista" é bonito, é até glamoroso – "Meu psicanalista é bom... blá-blá-blá" –, mas elas não revelam que no fundo da bolsa esconde o antidepressivo, ansiolíticos, calmantes. Por quê? Serão tachadas de *loucas* se os outros souberem que tomam medicação para bipolaridade, esquizofrenia, síndrome do pânico, transtorno de ansiedade generalizada ou... depressão? Divã? Chique... Sei bem.

Sou mulher vivida, mas a depressão alimentou a necessidade do conhecimento sobre o ser humano, quem sou e o que o outro é capaz de ser ou fazer.

Num mundo de cabeça para baixo podemos enxergar, em meio ao caos, belezas ímpares. As coisas retornam de um jeito diferente, as forças regressam devagar. Certamente há dias melhores, bons, piores ou muito ruins, contudo, quando você se conhece, o respeito pelos próprios sentimentos e temores contribui para uma melhora gradual. Os limites se tornam familiares, e é bom aprender a cuidar de si mesmo.

Sim, virei do avesso, e estou aprendendo a me olhar. É como o direito a uma segunda vida, uma nova chance, à apreciação de tantos mistérios jamais visualizados. Mais profundidade e menos superficialidade. É possível compreender melhor o sentido raro do amor, da amizade e da gratidão.

Você já disse "eu te amo" para o seu filho hoje?

Estou fazendo terapia e, como tudo no hospital costuma demorar, sou daquelas que apreciam conversar com o colega ao lado. O tempo passa mais rápido, e ouvir histórias sempre me acrescenta algo.

Há a senhora do cafezinho na porta do hospital com quem fiz amizade. Tantas vezes indo e vindo, os laços acabam se formando. Fico sentada no banquinho tomando café, escutando as histórias dos outros e contando minhas aventuras e desventuras também.

Outra coisa que faço é sempre comprar um livro no sebo próximo ao hospital. Sedenta e viciada em livros, sento no chão e escolho os que aumentarão meu acervo.

Enfim, entre um e outro passeio à espera da consulta, costumamos trocar palavras para que o relógio não demore tanto em seus segundos, para que a agonia termine logo.

Ao final da consulta daquela segunda-feira, sentei para meu último café e algumas palavras com a senhora que faz seu plantão na porta do hospital, assistindo o ir e vir dos que dele precisam. Estava distraída quando um senhor me chamou a atenção.

O que posso dizer dele inicialmente? Ele aparentava ter cerca de cinquenta anos, magro, vestido com roupa social e usava óculos. Despertou minha curiosidade um livro lacrado debaixo do seu braço. Sobre o que era? Ousada, mexi pra lá e pra cá na tentativa de ler o título, não consegui e perguntei sobre o que era. Ele me mostrou a capa, e parecia um livro religioso. Ele disse que era um livro evangélico e que Deus o havia colocado numa missão, assim precisava ler sobre o tema.

Conversa vai, conversa vem, e entramos no assunto. Agora surge a história de ensinamento que não tem a ver nem com céu, nem com inferno. O relato traz consigo experiência, relacionamento, família, sofrimento e libertação.

Ele contou que foi um homem criado por pai, mãe, irmãos, mas por escolha e sede do "mais", do amor que não encontrava em casa e dos amores pela vida iniciou uma trajetória de drogas, e desde muito novo se tornou viciado. Não acreditava no amor divino e em retaliação tatuou no peito uma cobra com asas. Segundo acreditava, Deus não dava asas à cobra, mas ele era uma cobra e teria asas.

Após inúmeros sofrimentos e desencontros na vida, no fundo do abismo decidiu se render ao amor de Deus, descobrindo assim que mesmo com todos os seus defeitos Alguém o amava. Desvencilhou-se dos vícios e iniciou uma nova jornada de vida.

No entanto, algo o incomodava até a alma, e disso não se curava. Restava um buraco de ferida profunda que por mais que orasse e pedisse a Deus para amenizá-la a dor só aumentava. Em confissão, contou que até os 43 anos nunca havia recebido dos pais a frase "eu te amo" e nunca havia sido abraçado pela família. Os questionamentos sobre a ausência de carinho na infância aprofundavam sua dor.

Um dia confessou a um dos amigos da igreja seu sofrimento. Esse amigo aproveitou que o aniversário dele se aproximava e com outros colegas visitou a casa da mãe desse senhor. Perguntaram se podiam fazer uma festa surpresa para ele e, ousados, questionaram se ela amava o filho.

– Claro. Amo, fiz tudo por ele, trabalhei duro para que nada lhe faltasse.

– A senhora daria esse presente pra ele? O abraçaria e diria que o ama?

– Claro.

E assim foi. Aniversário surpresa, docinhos, bolos, muitos salgadinhos... Na hora de assoprar as velas, a mãe pediu para falar.

– Filho, sempre te amei, e continuo amando. – E ela o abraçou.

Ele contou isso com os olhos marejando. Havia tanta verdade em seu olhar, compaixão, sinceridade... Ele disse que naquele momento seu mundo parou. Que tudo deixou de existir em volta. A sua ferida acabava de ser fechada.

Foi então que ele percebeu que, por mais que sentisse a dor pela ausência de palavras da mãe, ele mesmo repetia o gesto com sua filha pequena, cujos beijos e abraços ele rejeitava e com quem, a partir daquela transformação, ele mudou suas atitudes.

Na verdade, na rotina da vida, de corre-corre de *hamster*, batalhamos e nos matamos em turnos estressantes para dar o smartphone, a TV, a escola e o curso aos filhos. Justificamos nossa ausência de tempo em nome do tal amor. E sim, é amor, mas há de se ter um equilíbrio no mínimo racional.

Falta o tempo do colo, da escuta, do beijo de boa-noite, da "bênção" do pai e da mãe, do telefonema que até parece chato. É preciso o questionamento do relato do dia, do motivo da tristeza perceptível.

O "eu te amo" diário cura. Falar do que acontece na escola, no casamento, no trabalho... Falta o tal do amor amigo, relatado, vivido visceralmente.

Eu tive essa sorte. Tenho mais de quarenta anos e meus pais dizem que me amam, eu digo que os amo, eu e meu filho nos declaramos. Todos temos problemas, mas o abraço, as declarações afetuosas amenizam as durezas da vida.

E você, já declarou amor pelo seu filho hoje?

Pelos olhos de uma acompanhante

Era mais um dia de calor intenso no Rio de Janeiro. Eu estava fazendo compras no Centro da cidade do Rio de Janeiro, nas famosas Alfândega, Buenos Aires, Senhor dos Passos – ruazinhas estreitas repletas de compradores que todo bom carioca conhece bem. Tem de tudo! Roupas, artigos para festa, sapatos, eletrônicos, e o preço costuma ser mais em conta!

Estava em minhas compras, cheia de sacolas e procurando meu espaço na rua apertada, quando fui advertida pela aceleração das batidas do meu coração e pelo ar que desapareceu de que algo no meu corpo estava em conflito. Eu me senti mal, tonta e tive a impressão de que desmaiaria. Pensei em comprar uma água em outro comércio, mas, como já me encontrava dentro de uma loja e na fila para pagar, resolvi permanecer e pedir ajuda à atendente no caixa. Ansiosa pela minha vez na fila, coloquei os produtos da compra sobre o balcão e disse que estava passando mal, tonta, e perguntei se ela poderia me dar um copo de água. "Aqui não tem água, não. Se quiser, compra lá fora." Deixei os produtos sobre o balcão e saí da loja. Sentia tonteira e uma vontade de chorar tão grande... É difícil escrever, porque tantas coisas fazem com que eu queira chorar. Quanta frieza de um modo geral em todos os sentidos. Era mesmo tão complicado oferecer um copo de água a uma pessoa que afirmava estar a ponto de cair no chão? Algumas coisas que parecem nada são assustadoras.

Na semana seguinte ao acontecido, enquanto eu estava numa farmácia em frente ao Pronto-Socorro de São Gonçalo, município do estado do

Rio de Janeiro, uma jovem passou mal em frente ao caixa de pagamento, exatamente como tinha acontecido comigo dias antes. Eu estava na fila também. Assim que a funcionária percebeu que a cliente não estava bem, rapidamente gritou para a colega do balcão para que trouxesse uma cadeira. Com extrema agilidade, trouxeram a cadeira e também um copo de água e uma revista que serviu de leque. A moça, assustada e pálida, ficou sentada, bebendo o copo de água que lhe foi servido e sendo insistentemente abanada pela funcionária. Olhei aquilo tudo e refleti comigo mesma que o mundo não estava de fato perdido, e que todo bem e todo mal estão exatamente na palma das mãos de cada um de nós. Esse episódio da farmácia foi apenas um dentre tantos paradoxos que presenciei na semana do Carnaval enquanto fui acompanhante no Hospital de São Gonçalo.

Confesso que procrastinei esta escrita. Acredito que faltou um pouco de coragem para descrever o relato. As emoções que senti foram tão fortes que não era capaz de trazer à tona as palavras certas para serem lidas com a seriedade dos fatos que se sucederam, e na verdade nem sei se posso fazê-lo.

Eu já vivi experiências em internações em hospitais públicos e particulares. Com meu filho foram muitas vezes, no entanto, embora o sofrimento tenha sido grande, o meu olhar de mãe estava focado no problema do meu pequeno. Também acredito que alguns anos atrás os hospitais públicos estavam castigados pela negligência dos governos, mas não tanto quanto agora.

No feriado do Carnaval que cito, estávamos eu, família e amigos em uma ótima casa de frente pro mar em Saquarema, vivenciando dias aguardados. Experimentar um pré-Carnaval, degustar as alegrias desse feriadão é uma delícia, e não costumamos incluir situações ruins. Num acontecimento imprevisível, Lúcio, meu companheiro na época, sofreu um acidente de moto. Acho que só quem já recebeu a notícia sobre algo assim entende o desespero de um telefonema como esse. Tudo que você deseja é chegar ao local, ver, tocar, ter certeza de que as coisas não saíram tanto dos planos e do controle. Que a vida de quem você ama está lá, intacta. E nesse turbilhão de pressa e desespero, o trânsito fica lento, os segundos viram horas e a agitação do seu mundo interno se choca com a lentidão em câmera lenta de absolutamente tudo ao redor.

Na correria em busca de hospital, terminamos encontrando o Hospital de São Gonçalo. Foi realmente pronto-atendimento, mas era semana de Carnaval e os médicos especialistas estavam em recesso e só chegariam na segunda-feira seguinte.

A partir daí aprendi, chorei e conheci pessoas que deixaram marcas que jamais se apagarão. Os episódios são tantos, entre pessoas de bem e pessoas congeladas de sentimento, que prefiro fatiar os relatos como fazemos com uma pizza.

Tomada

Enquanto eu, desesperada, esperava no hall de entrada, notícias do meu companheiro, tentava manter algum contato com ele, que estava na enfermaria ou fazendo exames. Eu não podia entrar. Meu celular ficou sem bateria, e precisei urgente de uma tomada. Vi que na parede da sala de espera havia quatro tomadinhas, que acreditei serem exatamente para pacientes e acompanhantes. Estavam todas desocupadas. Não havia nada ligado nelas. Ao plugar meu fio e conectá-lo à tomada, a atendente falou, alto e bom som: Não pode não, viu? Aí é só para o uso dos nossos tablets.

Regras? As tomadas não estavam sendo usadas por ninguém...

Retirei meu celular... Chorei. Chorei muito, desaguei, virei rio... Eu não podia crer naquela regra. Estavam desocupadas! Quanta insensibilidade pode existir num ser humano. É pouco desaguar por não conseguir conectar um celular quando você precisa de notícias de um acidentado, falar com a família, procurar ajuda?

Humanizar?

Ultimamente o conceito de humanização da medicina tem sido amplamente discutido nas mídias, e colocado como valores ou missão em placas nas paredes dos hospitais. Mas será que o tratamento sensível, de escuta cuidadosa, de respeito aos pacientes está mesmo sendo realizado, ou é apenas um conceito bonito? Para melhor compreensão, utilizarei a citação a seguir, retirada de artigo na internet.

A medicina humanizada é um conceito bastante falado e reverenciado. Uma relação mais próxima e humana entre médico e paciente é, com certeza, o caminho certo a seguir na medicina. Mas colocá-lo em prática tem sido um desafio para muitos. Alguns ainda desconhecem o sentido real no dia a dia.

Quando se ouve o termo, a ideia associada é de tempo e proximidade: consultas mais longas, olho no olho, ouvir o paciente com respeito. Uma conduta mais humana, em que se estabelece uma relação de cumplicidade.

A medicina humanizada, no entanto, extrapola o atendimento que o médico realiza na sua sala com o paciente. É algo muito além, que começa antes de a pessoa entrar na sala e continua com sua saída.

Trata-se do atendimento global, de forma eficaz e resolutiva. É o respeito à condição do paciente, e isso – é importante frisar – não é responsabilidade apenas do médico. Já começa no agendamento e no recebimento daquele caso.

Na medicina humanizada, prioriza-se o atendimento completo e ágil, que engloba a consulta, encaminhamento para exames, diagnóstico, o tratamento e o pós-tratamento.

É tratar e acompanhar o paciente como um todo, com o suporte de uma equipe multidisciplinar, integrada e competente. Faz parte deste respeito facilitar a vida da pessoa, tornando possível, por exemplo, realizar todos os seus exames no mesmo dia, o que reduz encaminhamentos e retornos desnecessários.

O pós também faz parte deste compromisso. Em caso de encaminhamento, é referenciar e acompanhar todo o pós-tratamento, até a resolução. Não basta sorrir, saber o nome do paciente, olhar nos seus olhos, mas ao se despedir no final da consulta esquecer por completo aquela pessoa. [...]

Fonte: Site do Hospital Sírio Libanês

De qualquer forma, a humanização das relações deveria ultrapassar os muros de um hospital e se estender ao cotidiano da vida, a ajudar uma pessoa que caiu no chão, a oferecer uma água a quem diz que passa mal, a atravessar um senhor em uma via, ao se perceber que este não tem mais a agilidade e a percepção necessárias para chegar a tempo antes que os motoristas em sua pressa assombrem as ruas acelerando motores e usando buzinas estridentes.

Enfermaria 1

Na enfermaria térrea, ficavam os pacientes antes de serem levados para suas devidas enfermarias de tratamento especializado. Mas como era Carnaval... Aguardamos. No acidente, Lúcio quebrou o punho e uma costela. Nessa enfermaria, que ficava próxima ao pronto-socorro, estavam ele e mais umas nove pessoas, num espaço realmente pequeno, de camas quase coladas... Enfermidades variadas, três pessoas com bicheira (machucados mal curados que criam feridas, e assim bichos começam a se reproduzir no local). Isso exalava um cheiro forte de podridão e tristeza. Havia também um senhor bem idoso com o fêmur quebrado e que sofria de Alzheimer. Ele foi colocado numa cama sem contenção, então era preciso amarrá-lo para que não caísse, pois em sua condição achava que poderia sair. Havia um simpático rapaz soropositivo usando máscara cirúrgica, mas naquele momento com suspeita de tuberculose, um menino que havia quebrado a perna num jogo de futebol e uma senhora que também havia caído e quebrado o braço.

No hospital, havia alguns enfermeiros que só faltavam dar a vida pelos pacientes, revezando consigo mesmo a luta de medicar, trocar fraldas, consolar o desespero do medicamento que não fazia efeito. Infelizmente, em suprema contradição outros preferiam terminar logo o plantão para se livrar dos que precisavam. O nojo e o desespero do seu ofício estavam estampados na negligência de suas atitudes.

Quem tem acompanhante tem sorte, muita sorte!

Comida vem, comida vai...

Há muitos idosos sozinhos, pessoas que vêm de abrigos ou moradores de rua. Há também pessoas que não têm mesmo quem os acompanhe ou visite... Pessoas com doenças que impedem que se sentem – muitas dependem da sorte de os acompanhantes de outras pessoas da enfermaria serem solidários e as alimentarem. Não que haja, na maioria das vezes, má vontade dos enfermeiros, mas o que vi, trinta pacientes por enfermeiro, impossibilita realmente que cuidados como comida, água e troca de fraldas sejam realizados nos momentos de real necessidade dos pacientes. A medicação fica em primeiro lugar...

Mas há fome, sede e o desconforto de ser um adulto e ter suas fraldas vazando. A consciência de que outros o enxergam com nojo e não há nada que se possa fazer. Ou há, mas não se faz. A sensação de que o outro percebe sua própria fragilidade... O que se passa naqueles pensamentos é impossível imaginar.

Suspeita de tuberculose

L. era um rapaz de olhar bondoso. Tinha superado os piores momentos no tratamento do HIV, e seu médico praticamente o havia liberado dos coquetéis (história contada por ele e por sua irmã). Infelizmente foi surpreendido pela suspeita de tuberculose. Tossia e escarrava muito. Mesmo estando perto de nós, e ao lado da cama de Lúcio, ele era de uma companhia que fazia as horas passar de uma forma mais gentil. Mesmo utilizando sua máscara cirúrgica se solidarizava com outros pacientes e, mesmo muito debilitado, pedia ajuda para os outros que percebia estar precisando. Ele foi cuidado por uma irmã amável, prestativa, carinhosa...

Quando a gente está paradinho num quarto de hospital, o mundo todo pausa lá fora e é possível que novos olhares se formem, e enxergamos o ser humano como ele é, e como precisa do outro. Ninguém é capaz de sobreviver sem receber o doar humanizado e tampouco sem doar. L. tinha muitas histórias, e aquela vivenciada perto de nós era apenas mais uma história de guerra, que com sua solidariedade e sua força também haveria de vencer.

Sr. Amor

O sr. Amor estava no leito bem à minha frente. Quando chegamos ao hospital, ele já estava lá e sua situação causava curiosidade, pois tinha a cabeça enrolada em faixa. Com o passar das horas e dos dias, fomos conversando, assistindo seus curativos, compreendendo uma parte de sua trajetória.

Senhor Amor havia passado por uma crise depressiva por conta da morte de sua esposa e, depois disso, iluminou-se com um novo amor. Infelizmente, um dia ao voltar do trabalho, sua residência estava vazia.

Sua companheira havia levado tudo que tinha na casa. A depressão veio com tudo! Depois disso, ele machucou a cabeça; segundo ele, um galho caiu na sua cabeça. O machucado era quase na nuca, e ele não cuidou. Os cabelos fartos esconderam o problema, e quando se deu conta havia um buraco e bichos andavam em sua cabeça. Assustado, correu para o hospital, sozinho. Do jeito que entrou, ficou. Sem roupa de cama, sem outras roupas, sem visitas. Sozinho. Ele me passou a personificação da solidão. Era palpável. Estava no seu olhar, na vergonha, no frio que sentia, na falta de ter alguém com quem pudesse falar. Nenhum telefone.

Uma senhora deu um lençol com o qual ele cobriu o plástico preto usado para cobrir defuntos. Sério, tinha aquele ziper por baixo... Aquilo me causou horror. Depois era só virar o plástico preto e fechar na frente?!

Na primeira noite, não dormi, tamanho meu frio e também pelo vaivém e pelos choros da madrugada, que só quem passa por um pronto-socorro de grande porte sabe do que estou falando. Eu estava com minha cobertinha e o frio era cortante, e o sr. Amor estava encolhidinho, gemendo de dor, e assistir à sua dor cortava meu coração.

Falei com minha amiga e companheira de trabalho sobre esse senhor, e não eram nem nove da manhã quando ela estava na porta do hospital com um edredom pra ele. Ele chorou quando o entreguei pra ele. Incentivada pelo gesto da minha amiga, fui até a loja de frente e comprei um travesseiro e uma toalha. Uma senhora que acompanhava seu pai trouxe roupas e um kit de higiene (escova, pasta, lâmina de barbear). O amor é contagioso. Sr. Amor arrumou seu novo leito, estava acolhido! Quem não precisa ser acolhido? Talvez não seja necessário o amor, mas a compaixão, a solidariedade, o acolhimento que fazem com que a pessoa se perceba importante, que ainda lhe resta dignidade.

O leito dele estava melhor, ele podia tomar banho e trocar de roupa, mas sua dor permanecia. Bom, não possuo nenhum curso na área de saúde, mas sei reconhecer quando alguém precisa de cuidados. Ele tinha o que se chama de "bicheira" na cabeça. Tinha um buraco lotado daqueles bichinhos que aparecem em lixo, e eles comiam seus tecidos, e sangrava. O curativo dele era feito com muito adiamento pela manhã.

Quando as enfermeiras se aproximavam, mais parecia um espetáculo de horror, que o constrangia e ofendia, pois havia um odor forte e ruim, e os acompanhantes dos doentes se ausentavam, de tão forte o cheiro.

Acredito que, por ser um ferimento daquele porte e numa área que inspirava cuidados ainda maiores, o curativo deveria ser feito pelo menos duas vezes por dia. Quando a noite chegava, seu leito estava sujo de sangue e a inquietação dele nos deixava aflitos. Sentia dor e os bichos se mexendo em sua cabeça. Ele se afligia, dizendo que sentia os bichos andando em sua cabeça. Complexo demais ver um homem convivendo com os temores da morte e tendo consciência disso.

Letícia, enfermeira, de quem falarei um pouco depois, lhe comprou ivermectina (medicamento indicado para o tratamento de condições causadas por vermes ou parasitas), e ele chorou quando ela lhe trouxe, comprado com dinheiro da própria enfermeira que também não suportava seu sofrimento. Nesse momento, L. levantou-se do seu estado cansado e abraçou o sr. Amor, e os dois choraram. Registrei o momento, um instante humano, de gente quando se percebe gente, de homens que reconhecem sua condição de pó e da importância do cuidado do outro.

Alguns ensinamentos somente um hospital pode transmitir, mas, na verdade, há pessoas que nunca aprendem.

Na noite em que tomou a medicação, sr. Amor dormiu esperançoso de sua melhora, mas na manhã seguinte ele caiu em prantos quando foram fazer seu curativo. Eu também não costumava ficar na enfermaria quando ele fazia o curativo, não pelo cheiro, mas pela vergonha que ele tinha dessa exposição. No entanto, nessa manhã, ele me chamou chorando: "Ruteeee", ele gemia, "vem aqui... Olha, os bichos não morreram, eles tão se multiplicando, e elas disseram que vão fechar assim, porque não tem pinça pra tirar". Sr. Amor me perguntou, desesperado: "Você tem coragem de olhar?". "Tenho", respondi. Respirei fundo, e ele abaixou a cabeça para que eu pudesse ver. Um misto de tristeza, náuseas e compaixão tomou conta de mim. O tipo de coisa que não se esquece. Não só pela dor, mas pela negligência diante da dor do outro, da falta de humanidade, de governo, gerência... Era grave!

Pedi pra ele autorização para fotografar, e ele permitiu. Eu mal conseguia segurar o celular, de tão nervosa. Ele pediu pra ver, e eu não queria deixar... Ele insistiu, e mostrei. Ele baixou a cabeça e chorou, dizendo que estava sendo comido vivo. Nisso, a enfermeira retornou, e realmente fecharia daquele jeito. Eu pedi para esperar, que eu compraria uma pinça. Há uma loja de materiais hospitalares bem em frente ao hospital...

Fiquei nervosa, levei o celular e comprei a pinça cirúrgica. Voltei correndo, e quando cheguei a enfermeira retornou com uma pinça dizendo que tinha encontrado uma (!!!!!??????). Meu Deus! É para acreditar que não queriam limpar sua cabeça?

Na mesma manhã ele recebeu alta. Alegaram que ele seria mais bem cuidado no posto de saúde próximo à sua casa, que entraram em contato com a assistência social de sua região, que iria receber bolsa-família e ajudas, enfim... Como disse, eu não sou especialista, nem curso tenho na área de saúde, mas no meu entendimento ele não poderia receber alta naquelas condições. Sim, ele precisaria de cuidados e de assistência, mas depois de ter sua situação de saúde mais estabilizada. Ou não, eu estou errada? Nem que quisesse ele poderia cuidar de si mesmo, pois não dava para enxergar seu próprio machucado.

Nas conversas sussurradas nos corredores, entre os leitos, as pessoas comentavam que ele era sujo por ter deixado sua situação ter chegado a esse nível, que estava sofrendo por que permitiu. Talvez eu não seja mesmo como a maioria das pessoas, e por isso sofro mais. Não importa se ele foi sujo, não importa o que o levou a chegar naquela situação. Todos pagamos impostos para que possamos ter um atendimento de saúde no mínimo digno.

Será mesmo que apenas me relaciono com pessoas felizes, que nunca viveram momentos de crise, que nunca se deprimiram? Meu Deus do céu, somos todos humanos, e nosso corpo é feito da mesma matéria que a do sr. Amor. Se não cuidarmos, se não cuidarem, apodrecemos ainda em vida... Por que as pessoas se sentem tão blindadas? Por que acham que a adversidade nunca virá? Por que chutar quem já se encontra com a boca no chão? Por que arremessar ao abismo aquele que já se rendeu?

Encontrei o sr. Amor quando voltava do meu lanche na hora do almoço, ele do lado de fora do hospital agarrado ao edredom que Lilia havia lhe dado e animado com as "novas chances" que o assistente social lhe havia dito que teria... Nos abraçamos, e lhe desejei sorte. Há outros acontecimentos sobre a história do sr. Amor, que fazem parte de sua história mas guardarei para mim...

Letícia

Letícia é enfermeira e tocou meu coração de várias formas. Ela virou dois plantões, o que acho que deveria ser proibido, mas é necessário, visto o salário, a quantidade de plantonistas... Letícia era incansável, correndo, atendendo, não dando conta de mais de 30 pacientes sob sua responsabilidade. Foi ela quem comprou o remédio para o sr. Amor, era quem subia e descia as escadas, quem acalentava e usava de uma sábia paciência diante dos pacientes nervosos, indignados e cheios de dor.

Ela não se negava, pedia para aguardar e voltava.

Quando um enfermeiro é assim, é ainda mais cobrado, todos o querem, todos apelam, os doentes parecem tocar nas vestes de Cristo. Um socorro, uma água, uma troca de fralda, o soro que acabou, o analgésico, a sonda que já encheu, a agulha que saiu da veia... Letícia estava exausta, mas não desistia.

Na madrugada do segundo plantão, um pouco antes de amanhecer, fui ao banheiro da enfermaria feminina e, ao sair, tive a certeza de que há pessoas que fazem deste mundo um lugar que ainda pode ser habitado. Letícia acalentava uma senhora em seu leito, acariciando seus cabelos, e dizia, sussurrando: "Tudo vai ficar bem, vai passar..." e fazia sons de quem tenta ninar um bebê.

Humanizar...

Sr. Isabel

Dei a ele esse codinome por ser o nome que esse senhor chamava sem parar. Ele era um senhor daqueles bem velhinhos, mas tinha uma força e tanto! Seu filho parecia ter muito carinho por ele e pagava acompanhantes para ficar com ele em sua ausência.

Ele tinha Alzheimer, mas estava lá porque havia caído. Segundo uma das acompanhantes e vizinha do paciente, o filho esqueceu aberta a portinha que levava ao terraço, ele subiu e na hora de descer caiu. Fraturou o fêmur e, portanto, precisou da internação para cirurgia. O problema era que o sr. Isabel queria sair da cama, e, por mais que o filho e acompanhantes solicitassem leito com grade, até o dia em que saí o pedido não havia sido atendido.

Para que ele não descesse e caísse, em vez de leitos com grades, contiveram suas mãos e amarraram seus braços. Sim, ele estava nervoso, estava fora do local que estava habituado, numa enfermaria agitada 24 horas por dia, e amarrado. Ele xingava de todos os palavrões, tentava sair da cama e machucava cada vez mais seus braços. Quando pedia socorro, pedia para Isabel, sua esposa falecida havia mais de uma década. À noite, ele passava todas as horas gritando pela Isabel.

"Me socorre, Isabel."

– Quem foi Isabel pra ele? Ele a amava enquanto estava viva? – as pessoas perguntavam.

O que eu pensava era sobre a vida, e o quanto valemos apenas enquanto produzimos. As coisas boas, as histórias do sr. Isabel, onde estavam agora? Era penitência precisar ser amarrado? Não há nenhuma outra opção? Não há mesmo? Poderiam ter poupado o senhor daquelas amarras trazendo pra ele uma cama com grades mais altas. Ou não? Poderia não ter mais leitos assim... "Ok". E para onde foi o dinheiro destinado aos leitos?

E as questões de todas as formas se multiplicam. Já não basta a dor e a complexidade do Alzheimer, ainda há que se ajoelhar para um tratamento respeitoso, decente e próprio.

Dona Linda

Eu e Dona Linda nos conhecemos no primeiro andar, e firmamos nossa amizade no segundo andar, quando Lúcio estava na enfermaria ortopédica masculina e ela na feminina. O quarto dela era o último do longo corredor, pequeno e com um banheiro quase completo, de chuveiro quente (um luxo!). Eu ia assistir *Big Brother* com ela e tomava banho naquele banheiro tão bom! Às vezes, de manhã, tomava café quentinho que o sr. Amigo (falarei dele mais tarde) trazia. Toda hora que a visitava, ela me chamava atenção pelo seu sorriso com batom rosa, seus brincos compridos e sua camisola de seda. Sempre que chegava eu exclamava: "Nossa, como está linda!". E ela sorria.

Dona Linda estava lá por ter fraturado a bacia, e falava muito de sua filha. Nos oito dias em que lá estive, não a vi visitá-la. Dona Linda beijava sua pulseira, que, segundo ela, fora um presente da filha, que havia sido dado a filha por seu grande amor já falecido.

Gostei muito de conhecer dona Linda, e lamentei sua solidão.

Casal 20

Como poderia esquecê-los? Sra. Amizade caiu em casa e quebrou o braço. Também estiveram conosco na enfermaria do primeiro andar. Seu marido, sr. Amigo, estava presente a maior parte possível do tempo e só saía quando sua irmã ou um de seus filhos chegava. São evangélicos, porém não daqueles que falam, mas daqueles que mostram. Ele ia de leito em leito abençoar os doentes, não com orações, mas com um jeito especial, carinhoso de falar. No olhar dele havia o amor de Deus. Eles estavam casados há trinta anos, e me mostraram fotos do início da construção de suas casas, de seu terreno cheio de árvores frutíferas, da história de seus filhos, das lutas e do amor. No dia em que fomos embora, ele me disse: "Querida, a vida passa muito depressa mesmo. Ame agora, viva agora, porque você pisca os olhos e a vida passou", dito isso foi se despedir do Lúcio. Eu não vi esse momento, mas Lúcio disse que ele beijou sua mão, e ele correspondeu, beijando a dele. O sr. Amigo explicou a Lúcio que aquilo era ósculo santo, beijo entre amigos, entre irmãos.

O casal nos convidou para visitá-los, a ir em sua igreja, almoçar com eles. Mesmo nas maiores adversidades encontramos pessoas especiais. Basta se dar conta disso e agradecer.

Não vou limpar!

Já no segundo andar, ala ortopédica masculina, havia três senhores bem doentes, que não podiam se movimentar e nem mesmo falar. Um deles tinha acompanhante durante o dia, um era do abrigo e algumas vezes tinha acompanhante e um deles, nenhum. Houve uma manhã em que a bolsa coletora de urina conectada à sonda estava vazando, algo aconteceu que a urina se espalhou pelo quarto. Fui chamar a enfermeira, que me mandou ao almoxarifado falar com a equipe de limpeza. Quando comecei a dizer que a enfermeira me mandou lá, os gritos se fizeram ouvir. Enquanto uma dizia que não era seu plantão, que tinha chegado naquela hora, a outra dizia que não limparia nada porque não tinha produto nenhum pra limpar.

Voltei à enfermaria e repeti o dito. Durante mais de uma hora nada foi feito.

Humanizar?

Sobrecoxa

Como você come coxa de frango em casa? Eu como com garfo e faca ou com a mão. Mas, se estou com apenas uma mão ou com os braços enfaixados, a coisa se torna mais complicada! Foi o que percebi com mais clareza quando o sr. Gentileza jogou a comida fora.

Só me deixe explicar que o sr. Gentileza era aquele senhor que não queria incomodar, de uma gentileza solene, composta de uma educação que não se vê. Ele estava com o braço quebrado, mas tinha alguma dificuldade para andar. Ele era muito reservado e não falava muito. No início, até achava que ele não falava. Quando percebia que ele precisava de alguma coisa, eu oferecia ajuda, pois ele não pedia, e eu brigava com ele, avisando que ele podia pedir... Por exemplo, quando ele queria ir ao banheiro e não alcançava o chinelinho, ficava olhando e arrastando o pé para tentar calçar sem pisar no chão... Ou, quando a enfermeira veio buscá-lo para a tomografia, ele saiu na frente porque queria abrir a porta para ela passar. Um fofo...

Então, no dia da alta do Lúcio, quando veio a quentinha do almoço (momento mais aguardado do dia de um paciente) veio macarrão, feijão e sobrecoxa do frango daquela bem sequinha... o garfinho de plástico de sempre... abri a quentinha pra ele, pois com uma mão só não dá; Ele olhou pra comida, e perguntei se queria que eu desse na boca. Ele negou e pediu ajuda para descer da cama, já que estava segurando a quentinha com a mão que não estava engessada. Observei ele caminhando até a lixeira e jogar toda a quentinha fora. De cara, fiquei chocada, mas entendi que era impossível ele comer macarrão e frango com aquele garfinho.

Novamente ressalto, não sou nutricionista, mas meu bom senso repete insistentemente que, para pessoas que não estão podendo usar as mãos, deveria haver um cuidado especial, principalmente porque a maioria não tem acompanhante.

Humanizar?

* * *

Tenho a dizer que certamente há situações que fogem aos enfermeiros, aos médicos, mas o tratar com afeto e respeito é dever de todos. Vão me dizer que afeto não cura; correto, mas alenta. Quanto a gerências, somos culpados por nossos votos, nossas escolhas, nossa falta de saber o que fazer e, não tenha dúvida, nós colhemos os erros dos nossos votos equivocados.

Aprendi nesses dias que mesmo diante do caos o bem pode ser feito, e também que há profissionais que já desistiram, se revestiram de uma armadura sei lá de quê, e esquecem que diante deles há pessoas feridas, doentes e que, ainda que não possam se expressar com o som da voz, ainda que não possam se levantar sozinhas para ir ao banheiro controlando suas necessidades fisiológicas, merecem e têm direito ao respeito, à dignidade, à saúde.

Meu texto poderia se estender ainda mais..., mas deixa pra lá... Preciso dizer que a equipe de cirurgiões da ortopedia é dez, que trata com seriedade, respeito e cuidado seus pacientes. A eles, gratidão e sorte, pois não deve ser fácil!

Aos que conseguiram ler até aqui, quando puderem, façam uma visita a um hospital público. Levem um livro para uma criança, contem uma história, levem palavras cruzadas, uma bíblia, ou então levem só a si mesmos... Conversem, orem, façam um carinho no cabelo. Levem cobertor, garrafinha de água, roupas limpas...

O hospital é um lugar cheio de pessoas e que transborda solidão. Tenha certeza de que o bem que fará trará os olhos do Senhor até você.

Obrigada a Monica, Lilia, Fernanda Tchuca, Grandão e Marrentinho, seguranças do hospital (que me trataram feito gente), meninas do quiosque da frente do hospital, aqueles que traziam café quentinho para os acompanhantes, a Claudio e Cristina – irmãos que jamais esquecerei, e aos anônimos que nos dão a coragem e a fé de que o mundo, apesar de todo o caos, ainda se aquece pelos corações repletos de amor.

Dia de domingo

Acordei há dez minutos, aconcheguei-me na cama, agarrei o travesseiro com a intimidade que só um casal que vive junto há anos possui. Respirei o ar do novo dia e me preparei para levantar. Senti o aroma do café de alguma casa vizinha invadir meu quarto, e o cheiro bom acendeu meus sentidos. Despertei com vontade para o domingo que se esconde por trás das minhas cortinas fechadas. O dia está lá fora esperando que eu levante para a vida.

Eu gosto de dias de domingo, mas nem sempre foi assim. O passado fica para trás, mas é inteligente espiarmos o que nos machucou e fez crescer. É bom lembrar que a superação é possível, e que o sol costuma voltar, mesmo depois das maiores tempestades. Não me incomoda falar para o mundo, expor algumas de minhas misérias superadas que irremediavelmente marcaram minha vida para sempre.

Hoje é domingo, e a paz em mim é completa. Acordei com meu filho ao meu lado, e me alegra saber que ele terá um dia feliz.

Dramas e tragédias acontecem na vida das pessoas. Dentro de seus lares acontecem das pequenas tristezas escondidas às desgraças anunciadas. Quem vê de fora, o edifício bem montado, as cortinas bonitas, a música no rádio, e as vozes que se misturam e ecoam lá dentro, não imagina o texto e o contexto, as linhas e entrelinhas.

Há tempos em que a música que toca dentro de nós é uma única nota, repetida, sem acorde. O som de dentro se confronta com o de fora. Às vezes ouvimos rock, samba, pop, mas correndo nas veias a melancolia é a nota solitária, que em sussurro desencanta qualquer tamborim.

Em meu lar, temia os domingos, e a alma atormentada monitorava os segundos das horas eternas. Tinha medo, inquietação, respostas que a juventude não me dava, e eu não tinha coragem de perguntar a ninguém. A dor era o meu segredo, pois o sorriso sempre me acompanhou – dom meu. A alma explodia, o nó dilacerava a garganta, mas meu sorriso permanecia. Por dentro, esvaziamento.

A gente confunde, erra, pensa que é amor. Esse texto conta a minha história, de um tempo longo, de uma parceria que não deu certo e me cegou para as demais belezas da vida... A preocupação com o próximo instante, um medo tão forte que perdeu a razão de ser. Temia os meus domingos. Nesse temor, por um tempo me abandonei.

Os desencontros inerentes à passagem nesta vida breve são muitos... A nossa peregrinação não vem com manual de instrução, no entanto adversidades têm o poder de nos transformar em fênix.

Alguém pode perguntar sobre os outros seis dias da semana: eles eram abafados pela correria dos trabalhos, da pressa, da falta de tempo para reflexão. Já o domingo era o dia do nada, que a pressa não tinha do que se apressar, e os segundos se arrastavam numa tristeza fina.

Conto retalhos de uma vida a dois. Orgulho-me por ter vencido limitações e superado medos. Hoje sou uma mulher melhor. Ainda que com traumas e pontos a superar. Sou um ser em construção e aprendo a me amar cada vez mais. Na verdade, isso é base fundamental para uma vida melhor.

Ainda estou deitada, sinto-me em paz e, apesar de o dia lá fora estar nublado, sou sol. Acho que chove... Logo vou fazer meu café quente, sentarei em minha varanda, cobrirei minhas pernas com edredom e o tomarei aos poucos. Quero apreciar a manhã.

Sobre a música, há uma suave tocando dentro de mim. Lá fora tocam o rap, o rock, a salsa e o samba. Dentro de mim é uma bossa nova gostosa. Falo de paz, pois a conheço e vivi seu avesso.

Dias difíceis fazem parte, mas não podem ser eternos. Capriche no amor que tem por si mesmo. Use a razão. Quem ama de verdade, faz o outro feliz. Amor é parceria, não prisão. Amor é liberdade, e esta é a beleza do amor, a escolha de conectar almas por decisão; mesmo que as portas estejam abertas, você quer estar ali. Amor, antes de tudo, é a paz.

Já tem um bom tempo que meus domingos são assim... Acolhedores, aconchegantes... Com sol ou chuva, meu sorriso está aqui, nos lábios e no coração. Hoje é domingo, abra as janelas do coração, há uma vida linda, cheia de música, natureza e sorrisos verdadeiros esperando cada um de nós.

Domingo, segunda, terça, quarta, quinta, sexta e sábado de bem com a vida, dona de mim, sorrindo por dentro e pronta para encarar a vida.

Vidro e ventania

Outro dia, antes de sair do trabalho, ouvi portas batendo. Alienada ao que de fato acontecia, fui advertida: "A ventania lá fora está intensa". Fui até a janela da sala, cortinas abertas, mas vidros trancados.

Colei meu rosto à vidraça e vi que do lado de fora as árvores sacudiam em uma dança sincronizada. As telhas pareciam querer fugir e ensaiavam uma "ola" como torcidas fazem em estádios de futebol. As folhas das árvores eram como crianças pequenas e levadas brincando com o forte vento. Elas levantavam do chão, giravam no ar e voltavam a rodopiar em ciranda. Mas, de onde eu estava, nenhum vento circulava, era como se o mundo se dividisse entre o lá de fora e o meu.

Pela vidraça acompanhava as pessoas chegando apressadas. Elas estavam rindo ou tensas, molhadas, arrumando a bagunça do vento nos cabelos. Os guarda-chuvas virados ao contrário, estragados. Enquanto isso, eu permanecia seca, arrumada, vendo tudo como numa grande tela de TV. Paralelos fundamentais para achar respostas, ou perder as perguntas...

Hipnotizada, fiquei feito estátua, olhos parados enquanto minha mente era um verdadeiro turbilhão. Invoquei as memórias: passado, presente, futuro e vidraças. Lá estava eu na praia do Grumari, pernas fininhas, correndo e furando o vento, indo de encontro às ondas, rindo e com areia nos cabelos. Quando somos jovens, as emoções se agigantam. Não importava caminhar no mar até perceber que não há mais areia. Era bom saber que meus pés estavam soltos no mar, sem apoio. Ausência do medo. Tudo bem engolir um pouco de água salgada e sentir a emoção de ver de tão perto uma grande onda se agigantando e vindo ao meu encontro. O poder das águas era divertido. O mar me levava e trazia, e como era gostosa a sensação de liberdade e prazer! Tudo era aventura, alegria, diversão!

Minha mente retornou a uma cena que me encantou, e que cabe aqui, ou ali, do outro lado do vidro. Chovia forte, e eu visitei uma amiga. Surpreendi-me, porém, quando vi sua filha, que acabara de chegar da escola, abrir as portas da varanda, invadir a chuva e estender os braços para receber as gotas que pingavam do céu. Ela sorria enquanto olhava para o alto. Parecia uma cena de final de filme. Ela rodopiava como se estivesse esperando há tempos o milagre da chuva. Gratidão da terra em forma de criança. Seu nome é Júlia, e tem uma beleza de vida que encanta aos céus. Sua mãe não a impediu, tirou o uniforme da pequena e a deixou ali na chuva, livre para entregar-se à alegria natural dos elementos água e terra.

Lembrei-me das chuvas a que um dia me entreguei. O gosto da água fria, o cheiro de terra vermelha. Cabelos molhados, grudados no rosto, roupa colada no corpo... A sensação ímpar que o banho de chuva provoca na matéria e na alma. Limpeza, frescor, vida.

Por instantes, ponderei as emoções contidas, anestesiadas pela dor, razão, mágoa. Praias, que antes eram sinônimo de diversão e encontro com amigos, hoje se resumem em areia e sol. Dedos e baldes provam a água salgada do mar. Tetos demais e nenhum banho de chuva. Concretos fora e dentro de mim. Seriedade, razão e sensatez em demasia. Pouco prazer deste lado da vidraça. Múltiplas precauções inibidoras de sentimentos como amor e prazer. A sequela consentida procria secura, frio, gosto amargo.

Retomar a alegria genuína requer esforço; afinal de contas, mudanças desconstroem, geram desconforto e causam dor. Posso começar abrindo os vidros da janela e deixando o ar fresco invadir a sala seca. Posso pousar vasos de plantas na janela e sentir o cheiro de terra molhada. Estender as mãos e tocar as folhas que giram em torno de si mesmas, ouvir o assustador barulho do vento, que balança as árvores e as arranca com força pela raiz. Sentir o sangue esquentar e percorrer as veias do corpo. Perceber a existência não apenas fora, mas dentro de mim.

O que é a vida, meu amigo, senão isso? Ela é a bonança e a tempestade. A força e a fragilidade, o riso e o choro, a euforia e o desespero. Calor, sol, terra e chuva. O que nos fere é a acomodação. O que nos aniquila é a estagnação. O medo é uma espada afiada que dilacera.

O tempo passa depressa. Chegou a hora de assumir riscos, rir, chorar, gritar, andar na areia do mar até não senti-la mais. Entregar-se. Mergulhar até que as águas salgadas restaurem o tempero perdido. Entrar na chuva de roupa, nua, só, acompanhada, e, como Julinha fez, estender os braços, olhar para o céu e aceitar o convite de, com seu corpo, brindar a vida.

Discos de vinil

Certa manhã, ainda bem cedo, fui ver minha mãe, que por telefone havia me dito estar indisposta. Enquanto ela descansava no sofá e seus pés recostavam sobre o pequeno pufe marrom, não pude deixar de reparar num saco no chão, encostado ao lado do vaso de plantas. Curiosa e atrevida como sempre, mexi, arregacei a boca do saco e me deparei com dezenas de discos de vinil, muito antigos.

Foi então que ela me contou que havia pertencido a uma conhecida, que no passado era cantora. Como ela não tinha mais um lugar para chamar de "seu", precisou doar seus objetos pessoais, inclusive os que mais amava. Os discos, na maioria, estavam autografados por pessoas que lhe eram caras. Discos presenteados por amigos, em uma época de prazer, alegria e fama, quando as companhias eram fartas, as risadas constantes e a cerveja gelada acompanhava as noites felizes. Hoje, onde vive "de favor", não há espaço para guardar suas lembranças mais doces.

Embaraço-me nos pensamentos, quando o medo sobe à superfície. Fujo dele, recuo, encaro, tremo, debruço-me sobre minhas questões. Volto, sofro e esqueço (por um momento...).

Já faz um tempo, minha mãe me deu as fotos que tinha do meu pai. Nestas se misturavam amigos e família. Minha mãe também me presenteou com as cartas da avó Amélia, que não conheci... Cartas de amor para o vovô José, com letra esforçada, a quem chamava de "filhinho". Guardo-a envolvida em papel de seda, e em plástico especial, dentro de uma pasta. A folhinha envelhecida guarda os mistérios do tempo, do qual ninguém pode escapar. O grande e poderoso Senhor Tempo.

Em outro momento, minha mãe me doou uma caixinha de sapatos repleta de cartas entre ela e meu pai desde que eram namorados. Do tempo em que o amor era eterno enquanto durava.

* * *

Tenho também minhas próprias pastas. Guardo memórias, uma mania, nostalgia, um porquê que acaba em si mesmo, pois não há respostas. Guardar para quem, com que finalidade? Desespero mudo. Um nada. Não há fama que o futuro justifique o pó que se acumula. Um ponto-final.

Embora minha mágoa, doença minha, persista, não me dou ao desequilíbrio de cortar minhas fotos ao meio, queimar cartas na pia e depois abrir a torneira nas cinzas. Ah, se isso apagasse e levasse com a água minha dor e meus conflitos... Guardo minha história em pastas que somente eu amo. Como adolescente apaixonada, cheiro a carta antiga, fecho os olhos e recordo...

Em envelopes, preservo tais tesouros. Tenho versinhos de amigos, agendas enfeitadas, cartas que vinham pelo correio, fotos de um tempo não digital, e que amarelam, alguns cantinhos a traça até comeu.

Minha mãe me ofereceu os discos de vinil. Peguei alguns, abri a capa, toquei, cheirei os discos. Minha mãe disse que fediam a mofo. Mas não estavam mofados, apenas guardados durante muitos anos. Virei de um lado, de outro, falei que os levaria para a creche, para que se tornassem arte. Mas lembrei das minhas pastas e da história de amor da avó Amélia e do avô José, que conheci porque alguém guardou... Pensei na história de meus pais, que protagonizaram minha vinda a esta terra. Pensei nas cartas dos meus amigos, na minha própria história...

Discos amados, autografados, virariam obras de crianças. Seriam quebrados, pintados, pendurados e furados. Talvez digam: "Para que discos de vinil?" – Para aquela senhora, acredito que seja o início de uma despedida. Quanto aos meus papéis, as fotografias de quem amo, quem dará valor? Virarão picadinho, serão levados pelo caminhão de lixo, misturados a outros resíduos e sujeiras? Quem irá guardar os poemas anônimos amarelados?

Quem se importa com coisas velhas e cartas antigas, livros autografados, enfim, velharias? Um dia virá um desconhecido, filho ou neto e dirá que são entulho, que fomos acumuladores e jogará fora para nosso bem e saúde, sem nem mesmo esperar que fechemos os olhos? Alguém colocará em papel de seda e protegerá minhas poesias para que não se despedacem, o mofo não as destrua, os ratos não se alimentem? Letras que se desfarão como papel molhado de chuva.

Na verdade, isso sempre foi uma questão que, como disse, prefiro não encarar todos os dias porque aflige e assusta. Deparo-me com a fragilidade da vida e com o inabalável tempo, que é brisa, é nuvem, e passa. Só que a história dessa velha cantora, que um dia abriu salões e inspirou amantes, inquietou-me.

Coisas velhas, antigas, amareladas, mas indubitavelmente história.

A alma das casas

Há pessoas que afirmam que os objetos possuem alma, sentimentos e até vida. Será mesmo? Não posso afirmar, porém tenho minha experiência em relação a esse tema. Recordo que desde adolescente gosto de admirar edificações. Intrigam-me até hoje as antigas construções, o tamanho das portas e janelas, os detalhes que diferenciam uma casa das outras. Curiosa, tenho vontade de saber o que há nas casas, algumas tão belas, outras desgastadas. Quem será que vivia dentro dessas antigas propriedades, como eram seus móveis, a família era grande ou pequena? Quando adolescente, brincava de imaginar como seria minha própria casa quando eu construísse uma família. Acreditava que casas abrigavam lares.

Eu tive uma vizinha que possuía um grande terreno com uma vistosa casa de três pavimentos. Há muitos anos, notei que a filha da dona, que em breve se casaria, começou a construção de outra grande casa no mesmo terreno. Mas não era bem isso que o destino tinha traçado, e os planos fracassaram. A obra erguida parou nos tijolos e, após uns vinte e cinco anos, continua lá. Agora, no lugar que poderia ser uma casa com jardins, cortinas, decorações e histórias para contar, há apenas o vestígio de um projeto interrompido. Sobraram tijolos quebrados e mofados, e mato alto que cresceu por dentro e por fora da casa. Todos os dias, quando saio à rua, vejo a construção. O possível ninho de amor virou habitação de morcegos e aranhas. O mofo e o musgo são seu revestimento. Quando olho para toda aquela construção esburacada, penso em sonho perdido, incompletude, imperfeição.

Qualquer pessoa que tome a decisão de construir uma casa para morar, vive a magia de imaginar, projetar. Ela gasta tempo e dinheiro, faz compras e planos... Imagina onde ficará o sofá, se a cor da parede combina com a do piso, se a janela ficará onde o sol bate. É possível que o devaneio se estenda ao romance e ela pense nos beijos que encherão o ambiente, nas crianças que correrão pelo quintal.

Penso nas casas em ruínas, aquelas que, condenadas, nos assustam. Houve um dia em que alguém as projetou e planejou. Cores foram escolhidas, comemorações realizadas, mas algo se deteriorou antes mesmo do cimento, do encanamento ou da rede elétrica. Algo bem mais importante apodreceu.

Creio que a ruína física de uma casa é o espelho de um lar amargo. Há casas pequenas, miúdas, que só faltam sorrir para você. São como as casinhas coloridas em desenhos de criança, com olhos e boquinha. É possível sentir a energia que exala a felicidade, ainda que na simplicidade...

Plantas e flores na janela revelam que lá dentro há pessoas que, apesar dos pesares, ainda acreditam na vida. Pintura nova e revestimento que não precisam ser caros, varridos e limpos, parecem orgulhosos de seus autores, os donos.

Vemos em todos os lugares mansões, fábricas, sítios e fazendas largados à própria sorte, sofrendo as perdas de algo que não deu certo. O amor que falhou. O perdão não dado. O fantasma da morte não espantado. A tristeza da falta do abraço, e a espera por quem nunca vem e, quando vem, era preferível que não viesse.

Há alguns anos, meu casamento acabou, e, depois de treze anos morando na mesma casa, voltei para meu primeiro lar. Local no qual tudo reflete a infância de um tempo feliz. Minha mãe, que mora no andar de cima, dá vida à casa e contagia os outros recantos. Em sua varanda, há flores. Ela está feliz! Nós também!

Minha casa tem história e se parece com uma trança. Tem minha história, a de minha mãe, do meu pai e de meus irmãos. Sobrinhos, ex--cunhadas, pessoas que aqui deixaram sua marca. Cada um de nós pode contá-la de um jeito diferente. Gosto de lembrar das vezes em que ficava deitada na minha cama e, pela janela do meu quarto, eu conseguia ver as estrelas piscando lá no céu. Nessa mesma casa brinquei com minhas bonecas e amigas. Nessa casa dei meu primeiro beijo.

O que sei hoje é que me sinto completa onde estou. Nesses anos todos, a casa sofreu mudanças: de uma se tornou três. Aqui habitam três famílias. O coqueiro ao lado da piscina continua, e como, crescendo, acho que está feliz. As paredes às vezes me sussurram lembranças, mas entendo que suas almas percebem que, apesar das dores embutidas nas mudanças, os sorrisos que escutam minimizam as durezas de sua história.

Passo todos os dias em frente à casa em que morei enquanto casada. Acho que aquelas paredes e portas e janelas não me amam, pois ao vê-las não é amor que sinto. É apenas uma sensação de vazio. Mesmo assim, recordo com certa nostalgia o tempo em que coloquei flores na janela.

Casas abrigam lares. Não importa se é uma casinha ou uma mansão. Se é no morro, ou de frente para o mar. Quem dá vida às casas são os sorrisos, os choros e abraços, as perdas entendidas, as flores na janela.

Desejo que a alma da minha casa, que também é a casa do meu irmão, da minha mãe, do meu sobrinho, cada qual com sua família, seja uma alma satisfeita, que carrega suas marcas, como todos nós, mas tem sido reconstruída com muito amor, flores e crianças.

A vida por um fio

Na vida, a aprendizagem acontece nas andanças, com o cair e o levantar-se, na intensidade do sonho, na depressão de uma desilusão. A vida acontece no desespero da partida, no anseio da chegada, quando a notícia faz chorar.

Chega um tempo em que o avesso da beleza se descortina, as janelas se abrem, e vemos o que não conseguíamos ver. Enxergamos mais com os sentidos do que com os próprios olhos. Uma fase em que a alegria não vem só, e a dor é sombra na felicidade. É o vazio na presença, é a lágrima salgando o sorriso.

Quando reunimos os amigos, a gargalhada faz constar a saudade de quem já não está. A emoção do neném que nasce na família, e a nostalgia de que não acompanharemos seu crescimento. A alegria das cerimônias de casamentos, aniversários, bodas, com o olhar perdido dos que não cumpriram seus votos. Um dia de pais, sem todos os filhos. Uma banda, sem seu baterista.

Percebo o que não via. No entanto, essa parte da dor, núcleo de qualquer felicidade, acrescenta em minha vida um jeito diferente de significar detalhes. Sorrisos, toque, abraço... Dedinhos de bebê, pele de idoso, gargalhada de adolescente... Abraço de pai, cartão de mãe... Frases de amigos, desenho de filho...

De repente percebo tantas fragilidades... Vejo a vida por um fio. Dilacera apalpar o sofrimento do amigo... A serenidade de sua presença carrega o peso do medo.

Uma corda bamba sob cada pé, e a ávida ânsia de eternizar momentos na palma da mão. Quero segurar em meus olhos por mais tempo as pessoas que me são caras. Quero fotografar momentos espontâneos e sua simplicidade... Gravar o som da voz, a gostosa gargalhada... Preciso com urgência fotografar o tempo.

Não há dúvida de que, depois de alguns anos, quando a história ainda está sendo escrita, inevitavelmente as emoções se atropelam. Os significados ganham novas interpretações, e o que importava vira nada.

Quantos de você?

Alguns dias começam mais intensos que outros. Sabe-se lá a razão. Fato é que ontem me senti inspirada de um modo especial, uma conexão profunda e íntima com meu universo e com a terra debaixo dos meus pés.

Gosto de escrever nas primeiras horas do dia, antes de o sol esbanjar sua força, quando o silêncio traz zumbidos. Há um mistério quando as luzes das casas se apagam, e as pessoas adormecem, alienadas de tudo que lhes ocorre ao redor.

Outro dia, removendo a poeira dos móveis de casa, abrindo armários e remexendo o passado, me peguei sentada no chão da sala. Fiquei como as crianças da creche em que trabalho. Sentada de pernas cruzadas, em meio à desorganização da sala, e enchi meu colo de álbuns de fotografias antigas.

Muda e melancólica, pude me ver menina, criança, moça, velha, mulher. Todas aquelas mulheres tinham meu nome e traços em comum. Olhos e olhares em diversas versões. Traços, cabelos, gordura e magreza. Tristeza, solidão, leveza, profundidade, inocência e pecado, redenção, prazer. Beleza, feiura, sapatos altos, chinelos, tênis, princesa, escrava. A cada página virada, nas fotos de papel já amareladas e reveladas com suas imperfeições, uma história por trás. Uma história que quem olha não enxerga. As pessoas que fotografaram não faziam ideia de quem era e o que sentia de verdade a mulher por detrás do sorriso.

Em cada uma delas, o mesmo corpo, o mesmo sangue, a mesma impressão digital. A mesma mulher em fases diversas. Hoje, não sou mais aquela estranha velha das fotos. Não me encontro nela, somos inteiramente diferentes. Ela, um curió preso, que perdeu o canto trancafiado dentro dos aços de uma gaiola. Eu, um sabiá livre.

Quantos podemos ser durante a existência? "Nunca diga nunca", nem "Desta água não beberei" – ouvi em algum lugar, certa vez.

Não somos, estamos. O melhor da humanidade está exatamente no poder de desconstrução e reconstrução. Menina muda, obediente, passiva. Fêmea submissa de olhos fundos, pensamentos de fim. Que estranha pessoa era essa que carregava com ela meu DNA? Uma estrangeira me possuía. Um alienígena me habitava.

Um dia escrevi em um dos portões de casa, em tinta vermelha, "Possibilidades em todo lugar", frase de salvação, como tábuas que boiam no mar após o naufrágio e servem de apoio ao náufrago aflito. Que mulher era aquela que em clandestinidade sentava imóvel no sofá de casa e por horas permanecia? O olhar parado, a vida sem movimento. Que personalidade incrustada, endurecida e triste era essa que permitia tamanha violência contra a própria alma? A ausência de esperança e expectativa murchava meus sonhos como um maracujá esquecido no cesto de frutas.

Ontem amanheci inspirada, as palavras pingavam pelos dedos. Ao primeiro bom-dia recebido, via celular, as mãos fizeram chover palavras. Do outro lado da cidade, o amigo que lia não entendia bem aquela minha manhã de pensamentos soprados.

Com algumas frases, disse ao meu amigo que estava em busca de mim, da minha essência, na caminhada que direciona ao autoconhecimento. Ele questionou a razão de eu ainda não me conhecer. Que aquelas minhas frases eram abstratas e subjetivas. Simplesmente respondi que essa era uma busca por toda a existência.

A menina das fotos, a mulher de mudo desespero, se entregava aos ruídos da sociedade e nem entendia o quanto era dispensável estar infeliz. Ela ainda não sabia que, em todo o tempo, opções se abrem feito cartas espalhadas na mesa. O melhor de tudo é que, enquanto há a vida, o leque está aberto. É possível alterar os caminhos, repaginar, levantar.

Um desafio se encontra nas horas que voam, bem mais rápido do que podemos calcular. Outra provocação é que não há rascunhos. Escolhas são tatuadas na pele e na alma, e se tornam seu sangue, e mesmo que tudo mude estarão sempre nas páginas de sua história.

A experiência dos anos vividos traz a sabedoria que nem sempre os livros são capazes de ensinar. Sangue, suor e lágrimas são essências intraduzíveis. Há uma paz profunda quando se arrancam as máscaras apresentadas à sociedade, se lava da camuflagem, se veste sua própria nudez e se permite ver o reflexo da criatura única, especial que é. E então você se aceita. Nos traços físicos, aqueles com que você nasceu. O puxadinho dos olhos, os pés chatos, a cintura fina, a orelha de abano, o cabelo crespo, o corpo redondo e dos padrões fora de moda. Você percebe a beleza de ser único no mundo. Tem as opções de mudar, se quiser, mas não por imposição oculta de uma sociedade hipócrita, cruel, mentirosa.

É prazeroso quando você finalmente percebe as peculiaridades de seus gostos e inicia uma viagem ao íntimo de sua personalidade. Entende que há traços que podem ou não ser delineados com muito carinho, por você mesmo. Compreende que a vida é mais serena se em seu trabalho houver prazer. E decide que as pessoas não têm direito algum de opinar sobre sua vocação. Se a paixão de sua vida for a música, entregue-se aos acordes. Faça de sua vida claves de sol e fá. Use e abuse dos sustenidos. Harmonize, suavize, cante e encante! Toque! Se a arte estiver pulsando nas veias, desnude-se dos paradigmas, saia dos eixos, faça-se labirinto, perca-se, encontre-se, voe, mergulhe nas dimensões além dos olhos comuns. Permita-se revelar, mostre seu talento! Crie! Se praticar um esporte é o grande sonho, invista tempo, suor e estudo! Vá na frente! Acorde mais cedo, gaste mais horas, alimente-se melhor! Acredite no seu potencial! Nada é impossível! Ninguém pode viver nossa vida, só nós mesmos. Somos os condutores únicos dessa máquina incrível! Pilote!

E assim, desse jeito, sigo na arte de me descobrir. Desnudo-me das concepções que me incutiram e sigo espantada com minha sede de mudança. Enxergo algumas das minhas limitações e meus medos, e reconhecê-los faz com que eu me dedique a melhorar alguns aspectos.

Vivo uma fase especial de autoconhecimento. Não é de conformismo, pura aceitação, é muito melhor. Saboreio-me.

Sei dos lugares a que não vou porque não me sinto bem. Não me aborreço com o insignificante, e isso me traz juventude. Não me importo mais com quem não liga a mínima para mim. Não choro por quem escolheu minha ausência. Eu quero o inteiro, não a metade. Sorrir com vontade, e se a lágrima quiser empedrar na garganta, me derreto. Choro sem hipocrisia.

Verdade, não sou mais aquela mulher das fotos. Confesso que, hoje em dia, sou bem mais feliz. Mas de algum modo carrego-as todas em mim. Com muitos defeitos e algumas virtudes, mas sou eu. Vestida da minha própria nudez imperfeita, mas autêntica.

Estou, sim, em busca do autoconhecimento. E, quanto mais me conheço, mais entro em contato com minha natureza. Aceito e entendo o que me dilacera, equilibra, desequilibra, extasia. Deixo de julgar. Essa é uma busca que deve durar até o último suspiro.

Nudez

Se há algo certo na existência humana, são os problemas, as doenças e o dilaceramento da perda. Perdemos amigos para a morte. Há amores que nos esvaziam até de nós mesmos. Sobra-nos a melancolia da partida, do mármore gelado, da profunda e indescritível frieza dos cemitérios, de quem deixamos lá...

Conflitos internos, crostas do inevitável, hospitais, dor e tristeza contribuíram para que eu desse valor à paz que me cobre, à minha presença no presente, ao som da minha gargalhada e ao sorriso por quase nada.

Pessoas costumam julgar por ser esta uma prática inerente ao homem. Julgam a roupa, os sapatos, a cor do batom, o sorriso, o peso, a alegria, a falta dela... Os olhares envenenados de alguns inventam histórias baseadas em seus próprios credos, segundo suas mentes apodrecidas. Destilam veneno enquanto notam o tamanho da saia da vizinha, a conversa de um casal, as lágrimas da adolescente que chora no canto da sala, o beijo do casal que entre línguas se devora... Esquecem-se de quão caro é julgar o próximo. Logo ali na esquina, o futuro tende a surpreender!

Somos livres para pensar o que quisermos. Conheço minha história, sei de onde vim, os caminhos que percorri, minhas graças e desgraças, meus erros e acertos, loucuras, segredos, verdades e mentiras, pecados e inúmeras superações.

Na hora da minha aflição, em que me arrastei sem trégua pelo chão, em busca daquilo que era lixo e eu não sabia, quem estava lá? Eu. Os anjos. Deus. Quando entrei no hospital com meu filho nos braços, sua pele ardendo em febre, o corpo convulsionando, meu coração desamparado, minhas certezas dissipadas, quem estava lá? Quem me abraçou enquanto desfalecia escorada em paredes?

Quando as manhãs e as noites não tinham diferença, e Sol e Lua se misturavam, quando esperava a loucura chegar ao limite e eu não saber mais o que fazer de mim, quem estava em minha companhia? Quem sabe quantas vezes, alienada, me esforcei além do natural para manter a sanidade e a fé?

Quem estava lá para me olhar, aconchegar nos braços e, ainda que mentindo, dizer que tudo passaria? Qual mão humana se estendeu em meio à escuridão da minha falta de orientação? Quem estava lá para me consolar quando eu me via sozinha em minha cama, desamparada por quem prometeu amor eterno, e ali fiquei com todas as responsabilidades que juramos assumir juntos?

Não! Não venha com teorias bonitas e palavras sofisticadas. Não ouse chegar agora com frases prontas, de efeito, em tom articulado repleto de moralidades. Nem tente julgar meu sorriso sem saber quais pontes atravessei, os mares que naveguei, os botes a que me agarrei para não morrer afogada. Você não sabe o quanto de água salgada bebi nas inúmeras vezes em que olhei a superfície por baixo da água.

Meu escudo foi a fé que não perdi. Como disse Jesus Cristo a seus discípulos, basta que ela seja do tamanho de um grão de mostarda. Tão pequena minha fé, mas suficiente para me manter firme. Resistência, resiliência e a capacidade de massacrar diariamente um anjo mau que soprava em meu ouvido a vantagem e o conforto da desistência. De forma simples e com bravura, a fé me livrou da morte. A morte desejada. Um fim que me oferecia um conforto aparentemente salvador.

Não me rendi à depressão e continuo batalhando em uma vida de desafios e trabalhos. Não me entreguei aos caprichos da tentação da rendição. Venço as limitações, ignoro as fantasias adolescentes e prossigo em busca dos ideais.

É muito fácil julgar quem quer que seja; basta abrir a boca e destilar veneno.

Estou bem. Confesso que em algumas situações, por alguns minutos, sou tentada a pensar no que a vida poderia ter sido, naquilo que não foi evitado, nas dores que não precisava ter sentido e nas sequelas das escolhas que fiz, mas sou como fênix.

Tenho bom humor; dom meu. Difícil encontrar quem tenha me visto sem ele. Fui capaz de sair com a garra de achar graça das coisas, mesmo quando o espírito se desprendia da alma e do corpo.

Na minha boca, há um gosto bom, de sabor doce, diferente, que me faz lamber os lábios com satisfação. Percebo o coração batendo no compasso, e a mente reage tranquila. Estou exatamente aqui, no presente. Encontro-me no exato lugar em que deveria estar.

Quero aproveitar este tempo sem nuvens, porque a vida, meu caro, é processo. Comemoro o hoje, pois há vida para viver, sonho para sonhar. Quero me deliciar nesta era de paz.

Baú de sonhos

Sonhos são necessários, para que os terrores naturais da vida se atenuem, para que as estrelas possam brilhar, e para que a Lua ganhe sua lenda...

Sonhamos dormindo, acordados, imaginando, revivendo, tornando real dentro de nós aquilo que ameniza nossos pensamentos e nos arrebata de uma realidade dura.

Sonhar nos mantém vivos, e a beleza dessa realidade paralela é que acelera o coração ou o faz parar, que perturba, que faz desejar a eternidade ou querer congelar o tempo.

Há horas em que o sonhar é viver em plenitude. Dias em que o universo estende seus braços infinitos e nos abraça, acolhe, aconchega. Você se apodera da beleza da terra. Sente-se forte, grande, com poder. É possível perceber com intensidade os sentidos: tato, visão, audição, paladar e olfato. Os sabores ganham gostos exóticos e deliciosos, a audição é aguçada, os olhos enxergam com vivacidade, é possível sentir aromas jamais percebidos. A pele ganha viço, e o coração exibe sua potência. Todo mundo fala que você mudou, algo aconteceu, você está feliz!

Esse é o sonho da vida real, que acontece de fato. É como a água gelada no verão carioca, que escorre pelos cantos da boca e cai entre os seios, molha a roupa, e até o corpo umedece. É como a satisfação de deitar na cama, abraçar o travesseiro e pegar no sono depois de um plantão pesado. Como um bom prato fumegante de bife, arroz, feijão e batata frita após um jejum de muitas horas. Para momentos assim, a vida apresenta música de fundo, na voz grave de Renato Russo cantando todas as faixas do álbum *Equilíbrio distante*.

Se, porventura, você desconfiar que a vida está tão gostosa que até parece um sonho, segue uma dica: desfrute essa fase sem restrições ou reservas. Morda com vontade esse pavê raro, recheado das delícias que derretem as razões e possibilita voar tal qual águia e nadar com a alegria dos golfinhos. Lambuze-se desse chantili, aproveite a cereja do bolo.

Fotografe cada detalhe em todas as possíveis mídias, mas guarde-os principalmente em suas memórias. Tranque tudo em um cofre, mantenha a chave em um cordão de ouro pendurado em seu pescoço. Como se sabe, sonhos são fatias pequenas de um bolo de casamento. Demoram a chegar até o centro de suas mãos, porém são de espessura fina e, mal você as coloca na boca, derretem. Portanto, quando a fatia de bolo chegar, não se acanhe. Lembre-se de que todos na mesa perdem a timidez quando o garçom traz os doces e, se você não tomar cuidado, perde o seu.

Quando o sonho terminar, o choque da realidade te fará sentir a condenação da realidade, sua frieza, o nada em sua forma mais concreta. O som da realidade é oco. Tem o sabor do vento, e as cores são tonalidades de cinza. Nada há que fazer. Pegue sua chavinha e a beije. Guarde contigo as lembranças do sonho vivido. Sua experiência mais profunda com o néctar do universo, sua doçura, seu charme arrebatador, sua sedução visceral. Quando a secura nos lábios se tornar insuportável, recorra ao baú; ali as lembranças invadirão seus pensamentos, e você poderá reviver as fatias de um tempo mágico...

Identidade assumida

Não há nada como o autoconhecimento e a aceitação pessoal. As pessoas costumam viver conflitadas, angustiadas, divididas entre aquilo que são e o que os outros gostariam que fossem. Então sofrem, mudam e perdem a essência, aquela que faz de cada um de nós mais que sombras únicas no universo.

Fico satisfeita em perceber que os anos vividos, muitas vezes sobrevividos, refinaram minha opinião sobre meu mundo e o mundo dos outros. Eu me refiro às experiências que tive, às terras distantes por que passei, aos abrigos escuros que conheci ou onde me escondi. Nesses lugares, onde a solidão me acompanhava, tirei proveito do silêncio e iniciei a descoberta da minha vida.

Quando me confrontei com o espelho, encarei medos, generosidade, loucuras e as maldades. Percebi a delícia de ser quem sou, com toda a mistura de cores, desejos, tristezas e defeitos. Toquei nas feridas da minha alma, enxerguei minhas excentricidades, e as vontades obscuras revestidas na pele parda. A vida, por si só, deixa marcas.

Há os que olham de cara retorcida, quando caminho estabanada em cima do salto alto em roupas descombinadas. Ainda julgam se pinto o cabelo de vermelho, louro, ou se corto muito curto. Reparam nos meus *piercings*. Falam das minhas saias curtas, da ousadia do meu decote.

Há os que querem tomar conta da cor do seu batom, do jeito como repreende o filho, reparam na sua família e como lida com seu casamento.

No entanto, me pergunto: será que tais sujeitos estão ao seu lado quando a casa desmorona, seu marido te abandona e o coração vira trapo? Onde estão aqueles que tanto se importam com sua rotina na hora em que o dinheiro escoa, o choro enforca, o nó na garganta te resseca e mata como veneno de rato?

A sociedade, em seus pequeno e grande nichos, nas suas hipocrisias ditatórias, anseia por controlar o que você come, bebe, assiste e, caso permita, até a posição com que faz sexo, e com quem faz sexo. Se está gordo, magro, se tem muitos filhos, se só tem um, se não tem nenhum. Gente que fala mal de você e te julga se é solteiro, divorciado, se casou três vezes.

Se cochicham nas minhas costas, não me importo mais. Ando me bastando quanto às minhas opiniões. Não gostou, sinto muito. Vira para o outro lado, me exclua das suas redes sociais, risca meu nome da tua agenda. O mundo é vasto, todo rio tem dois lados e toda rua, duas calçadas. Atravessa.

Há preconceitos em todo lugar, de todas as formas. Pessoas que desprezam quem você é e ousam ditar regras de como deve ser seu café, seu tempero e a cor da sua gravata. Os conselhos fluem e estão na ponta da língua. Estão envenenados. Alguns estão sempre com o dedo em riste, prontos a designar o inferno como seu destino. São os que se intitulam deuses, acima do bem e do mal.

Nesse turbilhão de ondas diárias, no qual todos precisam ser agradados para que se consiga ser aceito nas diversas tribos sanguessugas, o afogamento passivo é iminente. Como a luz no final do túnel, surge então a questão salvadora: por quê?

Por que aceitar? Por que mudar? Por que fingir ser quem não sou? Por que permitir ser manipulado?

São mesmo teus amigos os que apontam o dedo contra você, julgam, acusam, te deixam mal? Eles suportam o peso da tua dor quando seu amigo morre e você não tem paredes para se escorar? Os que apontam seu jeito de falar, e julgam tua religião, estendem as mãos quando você descobre que o diagnóstico dos exames foi o pior possível? Quando você perde seu emprego e todas as luzes da vida parecem realmente se apagar, quem vai lá e acende o interruptor?

É tempo de crescer e escolher quem pode entrar na sua vida, tocar em suas feridas, remexer o seu passado. Tenho sorte, pois, ao meu lado, há amigos dos quais me orgulho. Eles me amam com meus surtos, meu choro ou minha inquietação. Companheiros fiéis para quem posso ligar de madrugada, inventar palavrões e contar segredos – nem sempre bonitos. Esses sim podem enfiar o dedo na minha alma, brigar comigo. Eu sei que, quando a casa cai, eu posso me escorar em seus braços, deitar em seu colo, chorar em seus ombros e, ainda que a casa vá ao chão, não me deixarão cair.

A vida é curta demais para a gente sair dando satisfação a quem não sabe nem mesmo a cor dos nossos olhos. Vivemos em corda bamba, com altos e baixos, numa correria desesperada pela sobrevivência. Resolvi por isso dedicar meu sorriso, minha alegria, meus surtos, meu canto e tudo o mais a quem vale a pena, a quem se importa, a quem briga quando precisa mas te descansa em um abraço.

A vida vale a pena se vivida em sua essência. Seja você mesmo, descombine, descabele, desorganize, desconstrua, gargalhe, dance... Quem gosta de você, aceita e admira sua autenticidade, na mistura louca dos sufocos cotidianos.

Ela é carioca!

Amo o Rio de Janeiro, cidade em que nasci. Amo seus morros e mares. Amo suas mansões e favelas. Aqueço-me feliz em seus quarenta graus, sol quase vermelho, calor forte! Não me canso de olhar o céu tão azul. As praias convidam para o banho de mar nas primeiras horas da manhã, um passeio no final da tarde, um luau... Os Arcos da Lapa e seus bares aconchegam o melhor forró e samba de raiz da cidade. Gosto do sotaque desse povo, do jeito leve com que vivem a vida. Gosto de dizer: "Sou carioca da gema".

Desde pequena, sou apaixonada pelos pontos turísticos da cidade e encantada pelo Pão de Açúcar. Quando meus pais falavam e apontavam para os dois morros, eu pensava que, lá em cima, as nuvens eram de algodão-doce. Eu imaginava que tudo era muito gostoso, que tinha creme, doce de leite e balinhas coloridas por cima!

Mais velha, descobri que as nuvens não eram doces, mas que a natureza que abrigava o bondinho era majestosa, perfeita, digna de um dos cartões-postais mais lindos do mundo todo! No entanto, o absurdo dessa história é que, apesar de todo o encantamento, só subi no bondinho no final de 2013, à noite. Já tinha 37 anos. E por que demorei tanto para conhecer um lugar que queria? Eu culpava a tudo e a todos: companhia, tempo...

Há algum sentido nisso? Usei a minha capacidade, vontade ou pelo menos meu bom senso? Tanto tempo desejando algo dentro das minhas possibilidades e simplesmente não fiz.

Fato é que, em novembro de 2013, fui com amigas para um show no Morro da Urca, a sensação foi linda, e a noite incrível.

É bem verdade que o desejo de conhecer o Pão de Açúcar de dia aumentou consideravelmente, portanto retornei ao ponto turístico, dessa vez à luz do dia. Nesse dia, o Rio estava com uma beleza ímpar, em um azul perfeito. Não havia uma única nuvem no céu.

Levo cerca de quarenta minutos para sair da minha casa e chegar à Urca. Pessoas do outro lado do mundo visitam e revisitam a beleza da minha cidade, e eu apenas desejando... Então, aquela tarde foi o dia de curtir e repensar. Enquanto minhas amigas não chegavam, devorei o mar, o céu e as montanhas com meus olhos. A impressão que eu tinha era que estava realmente em um monte de doces, e que eu me lambuzava!

Quando o astro rei foi se esconder atrás das montanhas, sentamos para contemplar. Não sei se há como se acostumar com tanto poder. Percebemos quão pequenos somos, como são pequenas as coisas, e nos questionamos o porquê de sofrer tanto em vão.

Depois, nos encantamos com as cores que se formavam enquanto o sol se escondia, e as luzes da cidade criando vida, e se tornando um pisca-pisca sem fim!

É bem possível que você ache graça da história. Pode ser que já tenha subido no bondinho dezenas de vezes... Mas é que esse conto real tem um significado ainda maior. Quantas vezes nos negamos alegrias para esperar que o outro nos acompanhe, que aquela pessoa queira o mesmo que nós, que nos entenda? O outro pode ser marido, mulher, família, amigos, emprego...

Quantas vezes nos sentamos, enquanto as asas dentro da nossa roupa sacodem e doem, pedindo espaço, para alcançar o voo de sua própria natureza? Abrimos mão de sonhos, de um esporte que adoramos praticar, uma amizade tão cara, recusamos a viagem dos sonhos. Enquanto isso, os cabelos tornam-se cinzentos, os olhos escurecem, os anos passam. A espera permanece sombria como um vulto sempre atrás da porta.

Uma procrastinação sem sentido. Espera quem, o quê, por quê?

Há tantas alegrias possíveis! A vida é ligeiramente breve, com toda a redundância que a frase possa mostrar. A vida corre. Um dia de cada vez, com as alegrias possíveis. Conhecer o morro me emocionou e elevou a alma, poderia estar acontecendo há muitos anos. Não me faltou perna, nem dinheiro, nem condução, nada. Eu me neguei à minha alegria, e só posso culpar a mim mesma por isso.

São quase duas da manhã, mas estou escrevendo linhas em todo o meu corpo desde que paguei o ingresso. Sabe quando um dia vale a pena? Esse valeu! Que a gente pare de recusar as alegrias que a vida nos oferece. Algumas são absurdamente possíveis. Pare de aguardar, pegue os remos nas mãos, coloque o barco para navegar no sentido que te faz feliz.

Canto da memória

O tempo sempre será tema de música, poesia e poemas. Enlouquecemos diariamente em um mundo virtual e digital, com prós e contras, como tudo nessa vida.

Há dias em que poderia chorar horas a fio sem um só minuto de pausa, mas muitos compromissos me aguardam, o alarme dispara, o telefone toca. Então, escolho guardar as lágrimas em algum canto da memória. Armazeno a dor liquefeita para a próxima oportunidade.

Outro dia imaginei que talvez pudesse fazer isso, chorar e chorar todo esse nó enjaulado na garganta, mas optei por dissolver palavras, na reflexão desse senhor implacável que as pessoas insistem em afirmar que somos nós que governamos.

Faltam quatro dias para o final do ano. Muita coisa aconteceu no mundo, no país, na vida das pessoas. Crianças nasceram, jovens morreram, grandes negócios faliram, cidadãos anônimos enriqueceram, tragédias levaram vidas e assolaram cidades. Algumas coisas saíram do plano; outras, do controle.

Eu, particularmente, não cumpri toda a lista que fiz no mês de dezembro anterior. Errei e acertei nas minhas escolhas. Fiz boas amizades, dancei, vi amigos, estudei, aprendi, amei, me diverti. Nem tudo na medida certa, algumas escolhas foram equivocadas.

Fazer retrospectiva às vezes é um processo doloroso. Há anos bons e outros tristes, dependendo das experiências vividas. Contudo, a avaliação de todo um ano precisa ser considerada. Passado não volta, glórias e fracassos estão lá, carimbados, lavrados na história. Para sempre se torna um fato.

O que fazer então com o tempo, que corre enlouquecido parecendo um vilão? Inimigo mortal que espelha a nossa incapacidade de lidar com tantas e diferentes situações ao mesmo tempo?

Que fazer quando o trabalho ainda não terminou, o filho quer o direito ao colo, a mãe idosa requer atenção, o marido cansou de tantas desculpas de dores de cabeça quando demonstra desejo, e o seu ginecologista se aposentou, passou seu prontuário para outro médico cujo nome você nem sabe?

O que dizer quando você mal se dá conta dos dias, percebe o mês pelo ciclo menstrual e só conta o tempo pelos presentes das comemorações? O presente da mãe, o ovo de chocolate, a lembrança do pai, o brinquedo da sobrinha no Dia das Crianças, e de novo o chester que prometeu levar à casa da tia...

O tempo nos ameaça com as mãos fortes em nosso pescoço, pronto a cometer um estrangulamento. Somos dele senhores? Se assim procede, devo assumir que a culpa é minha de não ter visitado meu irmão durante todo esse tempo? De não ter publicado meu livro e iniciado o mestrado? A culpa é mesmo minha se perdi a festa de aniversário da melhor amiga e deixei de frequentar as aulas de dança que tanto adoro?

Rendo-me a admitir que somos, sim, responsáveis por muitos acontecimentos que podem ser controlados. Estamos à frente na definição de prioridades, na decisão de escolher entre a reunião de trabalho urgente e o filho que acabou de se separar e precisa desesperadamente de um abraço. Prioridade? Organização de prioridades.

Reconheço que não damos conta de tragédias. Chuva, neve, tornados, uma série de fenômenos da natureza que acontecem pelo mundo. Doenças repentinas... Para as outras questões, acredito que o que precisa ser feito é viver o presente intensamente, planejando as prioridades a curto, médio e longo prazo.

Para o próximo ano, minha ambição é ter menos preocupação com o que o outro pensa sobre minhas escolhas e atitudes, e mais interação com meu universo. Preciso me conhecer mais profunda e intimamente. Anseio por estabelecer prioridades e superar meus medos.

Nos próximos meses, buscarei entender melhor essa máquina poderosa, que não espera você ficar pronto para começar sua corrida. O tempo não espera, nem o choro, nem a vela.

Histórias cruzadas

Eu estava caminhando apressada na Avenida Presidente Vargas, uma das mais importantes da cidade do Rio de Janeiro. É também conhecida por sua riqueza e majestade, além de ser cenário de várias histórias cruzadas.

Era uma tarde de sexta-feira. Estava atravessando uma das quatro pistas da avenida, na pressa habitual, quando minha história se cruzou com a de R. Eu estava esperando o sinal ficar verde para os pedestres, quando me deparei, assustada, com uma pequena menina atravessando a rua entre os carros. Rapidamente meu olhar procurou por alguém que a estivesse acompanhando. No meu universo, esse em que ainda tento acreditar, crianças não caminham sozinhas pelas ruas nem atravessam a Avenida Presidente Vargas sem dar a mão para algum adulto.

O sinal reabriu, e as pessoas tornaram a atravessar as faixas. Cada qual seguindo sua rota, seu destino. Continuei paralisada, simplesmente não consegui continuar. Que desespero ver aquela menininha perdida, sozinha, que quase foi atropelada!

– Onde está sua mãe? – Essa não é a pergunta clássica que se faz a uma criança perdida, desacompanhada, sozinha?

– Morreu. – O tom foi seco e a resposta, definitiva.

– Morreu? – perguntei, como se as mães não morressem, como se a vida fosse mesmo um conto bonito.

— E você está com quem? — continuei indagando enquanto as buzinas e o som ensurdecedor de carros e ônibus queriam calar nossa conversa e me tentavam a fingir que nada vi para simplesmente seguir meu caminho.

— Sozinha — R. respondia sem querer responder. Estava assustada como uma presa encurralada por uma fera.

— Como sozinha? Você não pode estar sozinha — eu insistia em perguntas idiotas, não queria aceitar o óbvio. — Onde você mora? — continuei.

— Na rua.

Por alguma intuição, talvez por alguma razão, não acreditei realmente que ela morasse na rua. Então, após maior insistência, ela me contou que havia fugido de casa, da comunidade em que vivia, pois a irmã disse que a levaria de volta à casa do pai. Ela não queria voltar; segundo a pequena, o pai a espancava.

O sinal fechou e abriu várias vezes enquanto eu e a garotinha conversávamos. Senti que nosso pequeno mundo se uniu. Era como se entrássemos em uma bolha, enquanto o mundo inteiro girava rápido. A criança é sempre prioridade, muito embora saibamos que as coisas, no Brasil, realmente não são assim. Ali, naquele momento, estava fazendo o que minha intuição, meu dever e meu coração impeliam com veemência. Sentia-me obrigada a respeitar a história de vida daquela criança.

Eu poderia ter feito como as dezenas de pessoas que passaram por ela e seguido meu caminho. Precisava tomar uma decisão rápida. Deveria deixar a criança atravessar as outras duas pistas, sendo que ela nem sabia se orientar pelo sinal de trânsito? Meu filho é adolescente, e é automático que minha mão busque a dele quando atravessamos uma via como a da Presidente Vargas, ainda que ele não queira. R., porém, estava desamparada. Quem ela tinha para segurar suas mãos?

Decidi tentar ajudar de alguma forma. Na hora só pensei que ela não poderia permanecer no meio da rua. Imediatamente me veio à cabeça que ela poderia estar sentindo fome, sede... O desespero, de fato, tornou-se meu também. Enquanto conversava com ela e caminhávamos de mãos dadas, sentia minha voz e minhas pernas trêmulas. Não desejava estar vivenciando aquela cena. Sim, eu sei que o Rio está repleto de crianças abandonadas, que o mundo está imerso na violência contra menores e que não vou salvá-lo. Eu só estava fazendo a minha parte.

Compramos um saquinho de pipoca e depois passamos para comprar mate e pão de queijo. Enquanto isso, ela me contava retalhos de sua história. Eu ouvia, fazendo esforço para costurar os tecidos rasgados. Rosiane é uma menina adorável! Não estava matriculada em nenhuma escola, mas já sabia ler e escrever. Contou-me os nomes das professoras que teve, sobre os bairros que morou, das vezes que fugiu de casa. Confessou envergonhada que aquela era a sexta vez que fugia.

Ela também relatou que o pai a agredia, por isso veio morar com a irmã. Mas a justiça havia determinado que ela retornasse para casa. Quando a irmã a notificou, se assustou e preferiu se arriscar nas ruas a se entregar às regras da lei.

Enquanto caminhávamos, contei que era professora, diretora de uma creche, e que a levaria para um lugar em que a protegeriam. Expliquei que nenhuma criança poderia andar sozinha e que todas, sem exceção, precisavam e mereciam ser amadas e protegidas. Expliquei acerca do perigo das ruas e que havia muitas maldades no mundo. Ela escutava, concordava e no final dizia: "Mas meu pai me machuca".

Eu a conduzi para o Conselho Tutelar da Rua Sacadura Cabral, na Praça Mauá, Centro do Rio de Janeiro. Subimos as escadarias que levam ao Conselho. Assim que ela olhou a porta, me abraçou temerosa e disse que não entraria. Ela já havia estado lá com a irmã, nas outras vezes em que fora encontrada, após sair de casa escondida.

O sr. E., que nos atendeu, foi solidário e nos encaminhou a uma sala. Eu disse quem era e pedi para ficar. Ele fez algumas perguntas, e ela respondia, explicava. Uma menina, sem dúvida, muito inteligente!

Tudo parecia ir bem, quando de repente uma senhora chegou. Bem-vestida, roupa social, cabelo lisos e aos gritos! A mulher não era uma visitante, nem uma mãe ameaçada, nem uma adolescente em crise. Não sei o nome dela, porque não falou comigo, não quis saber quem eu era, não se apresentou.

– EU CONHEÇO ESSA GAROTA! – berrava a mulher. – CADÊ SUA IRMÃ? – ela gritava mais alto ainda enquanto olhava de forma ameaçadora para a criança. – Essa menina – continuou ela –, essa menina fugiu, ela não é daqui, essa garota é de Taiguara, um abrigo. Foge toda hora. Tem que ir para o abrigo!

O sr. E. saiu da sala. A senhora continuou:

– Você sabe que você tem que ir pro Conselho de Queimados. Essa garota tem que se tratar!

Doeu em mim. Pode ser que todas aquelas palavras ofensivas postas em forma de gritos fossem verdade e provavelmente eram. Mas havia um despreparo absurdo na funcionária que havia sido eleita para defender os direitos e deveres das crianças e dos adolescentes. Não é preciso nem muito conhecimento pedagógico nem científico para saber que aquela criança precisava ser acolhida. Crueldade gera violência. Eu vi o ódio destilado nos olhos daquela conselheira. Ela simplesmente não devia estar ali.

O motivo da fuga, segundo a funcionária, estava pronto: Doença! "A menina tem que se tratar!", foi o que ela bravejou. Realmente, doença. Mas ela sofre da doença de uma sociedade hipócrita, que condena a criança e absolve o político que rouba os recursos destinados à educação. A doença de R. é a hipocrisia da sociedade, que observa crianças dormindo ao relento, prostradas diante das drogas, famintas nas portas de restaurantes enquanto as pessoas fecham o vidro do carro, elevam o volume do som e seguem suas vidinhas, fingindo que está tudo bem e nada têm a ver com essa covardia e podridão.

"A menina tem que se tratar!" E a menina, sem advogados, pois seu advogado de defesa era quem a condenava, permaneceu em silêncio.

Sentia-me enjoada, com o estômago revirado, confesso que quando tratei meu cachorro na SUIPA (organização para animais abandonados), onde também o adotei, presenciei muito mais carinho, cuidado e proteção. Sentia-me mal, pois, minutos antes, eu prometera àquela menina que a levaria para o lugar em que as pessoas ajudam as crianças. Talvez o que ela precisasse era de alguém que a olhasse e perguntasse: "O que houve dessa vez?", "Por que você fugiu de novo?", "Você está bem?". Claro, ela precisaria de conversas sérias, e outras carinhosas, mas ela estava procurando naquela fuga salvar a própria vida.

Lidar com vidas, principalmente com a de crianças e adolescentes com problemas de cunho social, requer conhecimento, postura, ações, mas é preciso mais: é necessário humanidade, sensibilidade, solidariedade, amor, paixão, sede de mudança social, esperança na vida e compaixão.

Será fácil perder a mãe aos oito anos e ter um pai que a espanca? Será fácil assistir aos filhos dos vizinhos indo à escola, enquanto você é um mero espectador da vida alheia? Será que é bom escolher a rua ao colo quente, ao abraço, ao conforto da família?

Quando encontrei a pequena, andei com ela cerca de meia hora pelo centro da cidade. Fomos da Presidente Vargas, altura do Campo de Santana, até a Praça Mauá, onde fica o conselho. Eu simplesmente a peguei pela mão. Fui eu, mas poderia ter sido qualquer um. Ou não?

As crianças pertencem a todos nós, e precisamos protegê-las.

Ninguém mais apareceu na sala onde eu estava com R. Eu precisava ir embora para trabalhar. Quando me despedi, ela segurou minhas mãos e as prendeu dentro das suas. Não quis me soltar, e meu coração se partiu. Ela quase suplicou para que eu permanecesse com ela. Pedi a ela um telefone. Ela me ditou o de uma tia que morava na Zona Oeste. Eu escrevi pra ela o telefone da creche em que trabalho, e pedi que ela escondesse o papel entre as suas cartas de brincar, tesouros escondidos em um saquinho. Era a única coisa que R. levava em sua fuga. Um joguinho de cartas. Abracei-a e disse que ela poderia ficar tranquila, que logo a irmã dela iria buscá-la.

Fui para o trabalho, depois retornei à minha casa. Um pouco antes de me deitar liguei para o celular do plantonista do conselho. E. atendeu e disse que a menina tinha ido para o abrigo.

Lembrei que R. havia me dado um número de contato de sua família. Liguei para sua irmã já passava das dez da noite. Expliquei o ocorrido, e, em conferência eu, ela e sua irmã conversamos. Até aquele momento, ninguém havia avisado a elas sobre R. Contei para a família as informações que tinha, o nome do abrigo e do conselheiro que nos atendeu.

Esse é um procedimento padrão? É assim mesmo que se faz? A família não deveria ser avisada, ainda que a menina continuasse no abrigo? Até os presos têm direito a uma ligação, não é? Ou não? A menina só tem dez anos e não oferece perigo.

Sou adulta, mãe, repleta de grandes responsabilidades e ainda, sim, preciso de abraço e colo. Por que uma menina de dez anos, com a mãe falecida e o pai alcoólatra, não precisaria de um pouco mais de tolerância? Ela é mesmo um caso perdido, sentenciado, sem esperanças?

Se para uma criança não há esperanças, que dirá para o mundo. Estamos destinados a um mundo condenado.

Proibido para homens

Dedico este texto a mulheres que sentem, ao menos às vezes, a vontade de encontrar um príncipe, mas em especial dedico à amiga Verônica Carvalho, com quem ando filosofando sobre amor e sexo e que ontem me indicou a comédia romântica *Amizade colorida*, que na certa foi a gota d'água para que me debruçasse sobre o teclado e começasse estas linhas.

Harmonia e equilíbrio, côncavo e convexo, *yin-yang*, seja o que for: cultura, religião, dramas familiares... fome, alma, desespero... São infinitas as definições para o amor e, poetizando ou não, sei que é para isto que sempre existi: para amar e ser amada. Romântica? Piegas? Ultrapassada? Mas não é esse o sentido da vida, afinal? Não é o que justifica o árduo trabalho diário, as músicas, as rimas, os versos, as prosas, as novelas e os filmes? Sempre de alguém, para alguém, sobre alguém? O que é a vida, meu Deus, sem a insanidade perversa do amor?

Mas onde será que começam as neuras sentimentais? Por que não somos capazes de lidar com o mais famoso e mais nobre dos sentimentos? Por que complicamos tanto as delícias extraídas desse sumo? Que alquimia é essa que algumas vezes subestimamos e desprezamos, pela qual nos arrastamos como animais atropelados, como cachorros sedentos, mendigando qualquer carinho e abanando o rabo com felicidade ao primeiro sinal de atenção?

Fui a dois casamentos este mês, e os absorvi como se bebesse água depois de caminhar horas no deserto. Pareceu até que nunca estive diante do altar. Havia algo de tão sublime ali, de caro e belo, que, mesmo sendo a adulta, sabedora e conhecedora dos pecados que sou, fui tocada pela presença daqueles votos.

Apreciando as belas damas, as noivas, percebi que o romance ainda ronda as noites enluaradas e que, mesmo por pouco tempo – que pena –, as pessoas se permitem senti-lo. Homens e mulheres ainda dão as mãos para seguirem em uma viagem.

Então, onde se perdem a magia, o milagre do amor, a química explosiva, o tesão, os beijos sedentos de língua, o afeto no olhar, as mãos curiosas e desesperadas, ingredientes que formam a massa que une duas pessoas em um relacionamento feliz?

Dentro de mim, a menina romântica se esconde debaixo de muitos panos grossos, veludos, e a primeira camada ainda é um véu. Ainda me pego chorando nos filmes românticos, e o olhar encantado me surpreende nos beijos dos pássaros, ou em mãos que se entrelaçam... Por que me escondi atrás de tantas paredes?

Sabe quantas vezes agredi minha vida, meus valores, minha paz em nome do amor? Por inúmeras vezes gritei, chorei e me descabelei, no sentido literal da palavra. Já segurei as portas em cenas insanas para que o homem que eu jurava amar não fosse embora, apesar de todos os maus-tratos que sofria em palavras e atos. Já fui além das forças e da sanidade, do equilíbrio. Eu me afastei tanto de mim que me perdi.

Para me reencontrar, foi preciso encarar no espelho minha própria verdade. Não foi tarefa simples. Enxerguei o lixo em que minha vida se encontrava. Resolvi então abrir mão de conceitos internos arraigados, e tomei coragem de seguir sozinha. Desconfiada, confusa e sem parâmetros, fiz promessas que não fui capaz de cumprir, como a de me trancafiar para sempre em uma redoma de solidão. Jurei não me apaixonar novamente para não me machucar mais. Contudo, eu não consegui me livrar do meu algoz. Este que é mais que desejo, e deixa de ser subjetivo, é real, tocável, concreto, puro desespero, e eu não consigo nomear.

Como lutar contra a natureza divina? Que destino dar a essa ternura que se encontra na ponta dos meus dedos? Como escapar da doçura das palavras entaladas na garganta? Como fugir dessa vontade louca e perseguidora, minha cúmplice nas horas mais gostosas e desafiadoras? Gosto da ideia da pipoca espalhada no sofá após um filme interrompido pelo sexo desesperado, com beijos lascivos e continuado por corpos suados, cabelos misturados, coração voltando à calma. Gosto de acordar na madrugada, sentir o corpo enroscado ao meu, e em uma concha perfeita, o aconchegar-se puro e indecente...

A vontade de deixar de escrever e fazer deste texto um rascunho eterno é tentadora, desejo de deletar, fingir que nunca escrevi. Mas não posso negar a mim mesma o que sinto. Minha escrita é meu divã, minha terapia e meu confessionário.

A verdade é que carinho no cabelo me faz um bem absurdo, e deitar num abraço é uma das maiores delícias desta vida. Se as cartas hoje são relíquias, aceito feliz a mensagem de "Bom-dia". Como eu, muitas mulheres ainda gostam de receber flores, e não precisa ser o mais caro buquê, basta uma rosa quando não há nenhuma data especial.

O pôr do sol é o maior dos espetáculos, e a praia está ao alcance dos pés. A Lua continua brilhando no céu, e a chuva na janela convida... A tempestade, a brisa, o vento, tudo na verdade é um convite íntimo. Como se o amor fosse uma obrigação e um sacrifício diários. Dependência. As letras de músicas, os poetas, sons... Tudo neste universo conspira para o amor. Somos amantes por essência. Não é capricho, é visceral.

Por que então construímos pontes invisíveis, simplesmente nos tornando inacessíveis? Por que seguramos a mágoa, retemos o perdão, como se fossem botes salva-vidas?

Questiono-me sobre a simplicidade das coisas, do amor puro, do cuidar, da essência que há em nós. Eu ainda quero ter tempo para regar meu jardim, sair para comprar flores, colocar a mão na terra para plantá-las, fazer um café quente, bolinhos de chuva numa tarde de domingo, uma boca para beijar, um colo para oferecer, ter um abraço que me aqueça.

Segunda pele

Quantas pessoas podem existir dentro de um único corpo? Qual delas predomina? Quem é o macho alfa de dentro da gente?

Uma vez ouvi: "Não somos, estamos". Na época, a frase teve efeito estranho, soou ruim, senti como um alimento mal digerido, um entalo na garganta. Vivia no orgulho de um caráter que julgava imaculado, num casulo que imaginava perfeito, e lá estava protegida de qualquer mal. O tempo passou e mostrou a força e o poder das adversidades. Muitos fatos aconteceram, desestruturaram as verdades absolutas, abalaram as certezas. Não sou mais a mesma mulher de vinte anos atrás.

Sou outra. Loba, ovelha, santa, pecadora? Melhor, pior? Não tenho essa definição. Julgamentos existem, as pessoas vomitam seus achismos, mas a metamorfose acontece dentro de nós, e não há fuga. Virtudes e defeitos – quem é o outro para emoldurar minhas atitudes ou rotulá-las como se faz com nome de cerveja em garrafa?

Quando fiz a cesariana há dezesseis anos, tive a impressão de que sentia dentro de mim a mão do cirurgião e gritava: "Estou sentindo sua mão!". O anestesista, que pacientemente segurava minhas mãos diante do meu desespero, afirmava que era uma sensação absolutamente normal. Não era dor, era a leve sensação diante da agressividade da cirurgia.

Acho que foi desse jeito que me senti tantas vezes, como se uma mão mexesse dentro do meu peito, invadindo um espaço impróprio, desorganizando tudo, trocando sentimentos e valores do lugar. Ah, sim, claro que doeu! Essa mexida aconteceu tantas vezes que é difícil aceitar que um dia fui aquela mulher de um tempo atrás.

Eu mal me reconheço nas fotos. Pergunto-me como fui capaz de silenciar tantas vezes, de me submeter tantas outras e de me derramar em lágrimas por pessoas e coisas que me esmiuçavam como se faz com biscoito de maisena dentro da mão?

Quando releio meus escritos, ainda em cadernos, posso reconhecer a letra, as manchas azuis borradas no papel, produzidas pelo líquido salgado que descia pelo meu rosto e redesenhava as palavras... arrepia, dá calafrios, pois sou revisitada pela sombra de sentimentos já sepultados. O mal que me fez e suas sequelas inevitáveis.

Não dou a mínima para os que me julgam. Aqueles que de suas janelas me observam e ousam pronunciar afirmações inconsistentes, em um orgulho insano e hipócrita, pois não há acima ou abaixo, há experiências e histórias. Há ainda aqueles que, do alto de seus valores únicos, incontestáveis e mentirosos, mantêm olhos altivos. Sentem-se deuses, mas são monstros.

Sei da solidão que atravessei quando, temendo os gigantes do desconhecido, fazia da cama minha amiga confidente. Dos desertos, vendavais que minha alma travava com meus valores, conceitos que eram minha segunda pele.

Quando, então, me deparo sentada em meio a pilhas de fotos, cartas, poesias, percebo claramente as mulheres que habitaram em mim, as que morreram e a que se criou.

Gosto da pele que me reveste hoje. Meu sorriso é verdadeiro, hoje sei gargalhar. É o som da minha alma. Quando choro, extravaso, é real. Resolvi encarar a dança, apesar do medo dos novos passos, e adoro sentir meu corpo em movimento. Assumo minhas vontades, meus desejos e sonhos, consciente de que podem ou não se realizar. Aceito meu corpo como é, a casa do meu espírito, ele me dá movimentos, expressões e prazer.

Vivo meus dias sabendo da fragilidade exposta na condição humana, e por isso procuro manter meu humor em alta, meu sorriso largo... Rejeito pessoas que me fazem mal, porque tenho essa opção. Quero essa pele por longo tempo...

Síndrome do apego

Se prestássemos um pouco mais de atenção ao que acontece ao nosso redor e resgatássemos a sensibilidade à vida, aprenderíamos a ser pessoas melhores e mais solidárias.

No dia a dia, costumo utilizar o transporte coletivo. Entro no ônibus e procuro sentar nos últimos bancos, ao lado da janela. Abro a bolsa, pego o livro, a caneta e deixo que o transporte encontre seu trânsito e me leve ao destino. Minha rotina foi quebrada quando, há alguns dias tempo, fui abordada por um homem de aproximadamente trinta anos, alto e que usava óculos de lentes grossas.

— Posso sentar ao seu lado, senhorita? — perguntou o senhor, já se acomodando ao meu lado.

— Claro, senhor. — Mantive os olhos baixos e continuei a leitura. Melhor, tentei continuar com a mente atenta ao livro.

Não foi uma atitude "normal". Afinal, acredito que o comum às regras implícitas ao cotidiano das ruas seria um estranho sentar ao meu lado, não notar minha presença, nem eu a dele. Eu e essa pessoa ficaríamos um ao lado do outro, cada qual em sua bolha invisível. Provavelmente eu com um livro na mão, a outra escutando seu fone de ouvido. O vazio estaria estabelecido. Um corpo ao lado, mas na verdade, ninguém.

Mas não foi assim que aconteceu, porque o homem ao lado atravessou sua bolha, furou a minha e iniciou uma conversa.

— Você sabia que eu sou louco?

Um tanto desconcertada, tentando entender o que era aquela pergunta, respondi:
– Todos somos um pouco.
Ele perguntou se eu estava lendo sobre filosofia, eu disse que era sobre educação. Mostrei o livro de Rubem Alves, *A escola com que sempre sonhei sem imaginar que pudesse existir*. O rapaz leu um parágrafo, acompanhando minha leitura. Depois me perguntou se conhecia Daniel Goleman, me explicando que era autor do livro *Inteligência emocional*. Relatou que era um bom livro. Falei que conhecia, mas não o tinha lido. E enfim, desistindo da minha própria leitura, resolvi olhar para aquele homem. Ele disse que já havia sido internado em todos os hospitais públicos do Rio de Janeiro e que o médico dissera que para ele não tinha mais jeito. Eu respondi que conhecia alguns hospitais, não todos, pois meu filho, quando era pequeno, havia passado por alguns.

Ele respirou e mudou de assunto: "Você sabia que já lutei caratê?". Perguntei por que ele não lutava mais, ele olhou para as suas mãos e respondeu que seu mestre o achava bom demais e tinha medo que ele roubasse seus alunos.

Enquanto falava, me mostrava sua mão e pediu que eu notasse o quanto ela era grande. Eu percebia que as pessoas ao redor nos olhavam, pois o tom com que ele falava era alto.

Após segundos, continuou contando que seu neurologista falou que ele tinha síndrome de GA. Perguntei a ele como se escrevia, e ele soletrou "gê-a", e que significa a síndrome do apego. Contou que o médico o diagnosticou como sem cura. Eu, que não conhecia a síndrome, afirmei que todos nós sofríamos de apego, e que era fácil que nos apegássemos às coisas e às pessoas. Na verdade, ao pesquisar em casa, descobri que esse é um sério transtorno mental.

Lembro que naquela manhã o trânsito fluía bem e acabei chegando rápido para pegar meu segundo transporte. Pedi licença ao moço com quem conversava. Ele se despediu: "Obrigada, senhorita, pela sua conversa e companhia".

Naquela mesma noite, mal dormi, fiquei pensando naquele rapaz. Imaginei o que ele podia estar sentindo enquanto me contava que o médico disse que ele era louco, no entanto o homem tinha lido *Inteligência emocional*.

Será que tive medo de ele ser "louco" e de repente me bater? Não sei, foi tudo rápido. Naquele momento, desejei que ele soubesse que poderia conversar comigo. Mas um outro lado meu estava alerta, e me questionava ao mesmo tempo dentro de mim que a antissocial era eu, que me adequei a uma sociedade que não dialoga, não cumprimenta. Pessoas reinam em bolhas e estranham a presença próxima do outro.

É mesmo o outro um estranho?

Quando o homem se aproximou para sentar, eu estava lendo sobre a Escola da Ponte e sobre o "desaprender". Lia a história do Pinóquio ao contrário, dos sistemas escolares que robotizam, e ali estava eu diante de uma situação incomum. Na verdade, eu queria torná-la comum, pois, afinal, o que são os loucos, e quem convenceu o homem de que ele era um? Não poderia ser ele apenas diferente?

Gostaria de ter conversado mais com ele, e não tive a delicadeza de lhe perguntar o nome. Para onde ele estava indo? Também não sei. No entanto, ele me contou parte de sua vida e, em minutos, me descreveu seu sofrimento, de forma recortada: deixou de fazer caratê, esteve internado em todos os hospitais, era diagnosticado como louco, com síndrome do apego, e não tinha mais jeito ou cura para ele.

Quem são verdadeiramente os loucos? É mesmo possível que um ser humano não tenha mais jeito?

Quem são realmente os loucos? Aqueles que nos cumprimentam, falam sozinhos, dão bom-dia e expõem suas histórias, se vestem ou são fisicamente diferentes, ou são os que se calam, que se revestem de máscaras e andam como o "Pinóquio ao contrário" com suas bolsas, fones, livros e iPads?

Loucos são os que conversam com estranhos nos transportes públicos, ou os ricos de carros raros e caros que se alcoolizam e matam inocentes? Ou são aqueles que, engravatados, espancam suas mulheres e causam dor em seus filhos?

Como julgamos! Quem nos dá a autoridade de nos sentirmos melhores ou mais "normais" que os outros?

O que é realmente a loucura? Este é um texto insano? Não sei qual o nome daquele homem, que me chamou por duas vezes de senhorita, que abriu seu coração, acusando-se ou defendendo-se, denominando a si mesmo como louco e doente sem esperanças. Também não sei pra onde ele foi, e é provável que jamais saiba.

Entretanto, acredito que nada é em vão. Comprarei o livro que ele me recomendou e tentarei ser mais gentil com as pessoas que se sentarem ao meu lado. É bem provável que, quando eu lhes perguntar "Posso me sentar a seu lado, senhor?", me olhem desconfiadas, mudem de lugar ou finjam dormir.

Precisamos nos despir dos nossos julgamentos, aprender a viver mais aquilo que andamos pregando por aí, como religiosos ou educadores, e amar mais ao nosso próximo. Largar um pouco de mão o medo, olhar para o lado, dar mais atenção às lições que a vida nos dá a cada dia.

Para que príncipes?

Princesas em busca do príncipe. Prisioneiras de tranças longas à espera do salvador encantado. Homem no cavalo branco que vence a morte com um beijo apaixonado. Um baile à meia-noite, um sapatinho de cristal e um príncipe jovem e rico à procura da dona que lhe arrebatou o coração.

Minha pequena irmã de três anos já conta com precisão as histórias belas e encantadas de príncipes e princesas. O amor que vence a maldade, que destrói as bruxas, que escala torres, que desfaz envenenamentos. A fera e a bela sem restrições, sem preconceitos. Amor sem limites. Final feliz.

Mas não para por aí. Disney se encarrega de dar ênfase à magia. E, se nos voltarmos para as novelas mexicanas ou brasileiras, há variedades de amor, cada qual com seu próprio fundo musical.

Decidimos, portanto, olhar livros, e o que temos nas histórias reais, de ficção ou de guerra? Amor, casais, paixão. O amor definitivamente está no ar, em músicas, letras, sons e ritmos. Está em todas as estações de rádio, em cada esquina, em cada fone de ouvido.

Como não ter o corpo e a alma entranhados desse apelo que enlaça, abraça e sufoca? Como nos livrar da importância do final feliz, se a sociedade cobra por isso de forma maciça, forte, destrutiva?

Príncipes são bonitos e ricos. Moram em castelos, têm cavalos, empregados. A princesa, ou a candidata, tem cabelos sedosos, é magra, e canta. As novelas e os filmes não são muito diferentes.

Não é preciso procurar longe para perceber o quanto o apelo nos influencia. Muitas pessoas permanecem com sua vida infeliz em nome de um final feliz que nunca virá. Outras permanecem enclausuradas com fantasmas do passado, pois o relacionamento não vingou. Alguns se sentem infelizes, pois não acham que sua vida tem o amor que sonharam. Ainda há os que vivem de depressão eterna, pois estão solteiros.

Esquecemos que não somos príncipes nem princesas. Não há cavalos, nem sapatinho de cristal. Mas e daí se não há torres, castelos, homens que nos despertam de dez, cem, mil anos de sono com um beijo apaixonado? Amo contos de fada, são de fato românticos e inspiradores. Contudo, deixemos nos contos a fantasia. Não digo para deletarmos a magia para sobreviver a um mundo seco e sem amor, não é isso. Mas convido a viver num mundo real, com suas imensas possibilidades de alegrias e inúmeras versões de amor.

Posso estar feliz sozinha no teatro, e infeliz em um cruzeiro de luxo acompanhada... O que não posso, de forma alguma, é esperar que o outro se enquadre dentro de todas as minhas expectativas de romance. Impossível encontrar o cara perfeito, esse príncipe inexistente que inventamos na nossa cabecinha de adolescente que esqueceu de amadurecer. Somos repletos de defeitos e virtudes. Podemos ser maravilhosos, mas também erramos feio.

O fato é que não nascemos em incubadoras pré-formatadas para alguém. Ninguém é concebido para satisfazer a vontade do outro. Quantas decepções, rancores e mágoas se dissipariam se entendêssemos logo isso. Deixar de cobrar do outro o que fantasiamos para ele. Como seríamos mais felizes se permitíssemos aos outros a liberdade de serem quem são. E se o amássemos em suas falhas, com suas delícias e fraquezas, seus erros e criações? Ah, quantos momentos felizes poderíamos viver... Não há sentido em final feliz. A própria expressão já determina que não é bom quando nos dá a palavra "final". Não quero términos felizes, o bom é ser feliz hoje, que é o que temos. E se, mais tarde, meu parceiro, companheiro, amor da minha vida não me quiser como sou, ou eu mesma descobrir que há outros caminhos a seguir, o que importa é que valeu cada momento.

Quanto sofrimento desnecessário! Que loucura o desejo de prender o outro e investir sem sentido em ligações infinitas, olhadas escondidas em e-mails e celulares. O pensamento do outro, sua imaginação, seus sentimentos, desejos e tentações nunca serão proibidos. Como aprisionar a vontade do outro? Logo escapará para um lugar bem distante.

Ao contrário dessa insanidade, o que me encanta é a cumplicidade, o desejo que permite a liberdade, o amor que entende o silêncio do outro e a sua necessidade de estar só. O abraço que vem depois, o sexo inteiro, verdadeiro, poderoso.

Confesso que já me comportei de um jeito terrível, usando a desculpa de manter o amor. Sofri, gritei, abri meus braços na porta da casa, tudo para impedir a saída de alguém que não queria ficar. Implorei amor a uma pessoa que me desprezava. Expus-me desnecessariamente. As palavras rondavam em torno de súplicas, rendição, tristeza profunda. Uma humilhação que escolhi e me encolheu, que não me trouxe nada além de um grande dilaceramento na alma.

Não quero mais contos de fada, mas sim uma realidade que me faça bem. Posso estar sozinha ou acompanhada, mas quero que tudo seja inteiro, de verdade. Simplificar, pensar, desejar o bom e o belo, reconhecer as próprias limitações e a do outro são também atos de amor.

Não sou princesa, não tenho tranças, não vivo em torre ou castelo. Não uso sapatinhos de cristal, nem sou branca como a neve. Nunca tive fada madrinha, nem espetei meu dedo no fuso de uma roca. Meu peso não é o ideal, foge às convenções e aos padrões da ditadura da beleza. Eu falo o que penso. Sofro de TPM. Sou carinhosa, mas nunca arrumaria a casinha dos Sete Anões, nem ao menos entraria nela. Se eu estivesse dançando com um homem e gostasse, não me importaria que minha carruagem virasse abóbora e que meu vestido virasse trapo. Dançaria até meus pés criarem bolhas... Tenho medo de baratas, e correria de uma fera... Não sou tão doce, apesar de ser. Nem tão fera, apesar de ser, mas princesa não sou de nenhuma forma. Então, por que esperar que o meu homem seja perfeito?

Só quero viver o lado bom de hoje, que já é repleto de desafios. Não tem que ser príncipe, só tem que desejar estar comigo, por uma noite ou por toda uma vida, me aceitando e gostando de mim desse jeito que eu sou. Mas, pra falar sinceramente, que venha primeiro a alegria de me amar.

Água quente ou água morna?

Depois que nos tornamos mães, toda conversa acaba envolvendo assuntos maternais. Meu filho isso, meu filho aquilo. Tem mãe que fala tão bem do filho que chega a dar inveja. É o melhor da turma, o mais bonito, mais responsável, mais corajoso. Enfim... coisa de mãe coruja ao quadrado. A gente sabe que não é bem assim, que toda família tem suas limitações.

Com apenas um filho, fico impressionada com a capacidade das mães que educam mais de um. Dar à luz é maravilhoso, mas educar um ser humano requer equilíbrio, sabedoria, tempo, paciência, resignação e outras centenas de virtudes.

Por conta dessas tantas virtudes necessárias, mães se culpam. O que fazer? Quando devemos prender, liberar, silenciar, falar, dizer sim, não, concordar, discordar, ser enérgicas, fingir que não vimos... Como um livro de receitas seria bom... só abrir e consultar. Infelizmente, nem o Google consegue acertar, pois cada indivíduo tem suas peculiaridades.

Pouco depois que meu filho nasceu, o colocaram no leito ao meu lado. Eu ainda estava me sentindo tonta, efeito das anestesias, e não conseguia segurá-lo. Meus olhos fechavam enquanto minha consciência me alertava do perigo de sua queda. Foi meu primeiro medo.

Lilia Martins, que trabalha comigo e escuta meus desabafos diários sobre tudo, disse que seu primeiro conflito enquanto mãe foi quando perguntaram, na hora do primeiro banho do filho: "Água quente ou água morna?". Assim, cada uma de nós, confessando ou não, passa por momentos de voo às cegas.

Iludi-me, pensando que cuidados, preocupação e desespero eram quando os filhos eram pequenos e dependentes. Mas vejo minha mãe se preocupando comigo e meus irmãos. Ela questiona a hora em que chego, ou se aflige se fico quieta. Ela ainda faz a comida preferida do filho mais velho.

Observo também os olhos inchados de uma colega de trabalho, por seu filho de 25 anos em plena crise de depressão. Mãe é uma mistura de emoções. Mãe é coração, inquietação, serenidade, amor infinito.

Oro para que meu sim esteja certo e meu não também. Que eu não exagere na proteção e não o libere em demasia. Torço para que não ultrapasse nas ligações, que eu saiba dar limites a ele, e a mim também. Que eu consiga conter meus medos, e compreenda que precisarei permitir que ele caminhe com os próprios pés e tenha suas experiências. Que eu perceba suas inquietações e respeite seu silêncio.

Que eu entenda a fase, os hormônios, e me lembre de minha própria adolescência. Que meu amor consiga superar minhas deficiências, que ele perceba que, embora adulta, não sei de tudo, que erro, sofro e quero acertar.

Rio de Janeiro fragilizado

Minha rotina não é diferente da de muitos brasileiros. Acordo, desperto meu filho para que vá à escola e, antes de sair para o trabalho, faço minha prece. Peço proteção, segurança e misericórdia. É preciso contar com a fé quando vemos, no cotidiano, as vidas ceifadas de forma absolutamente banal.

A vida é frágil e preciosa e, tal como uma taça de cristal, deve ser cuidada com zelo. No entanto, o que vemos é que as pessoas matam e agem de forma negligente, esquecendo-se do valor de uma vida.

Outro dia, assisti no jornal à reportagem sobre uma jovem de 28 anos que foi atropelada pelo ônibus da linha 685, Méier-Irajá, subúrbio do Rio de Janeiro. Ela atravessou no meio da avenida? Ela se jogou? Não. O ônibus invadiu o posto onde ela estava com seus dois filhos, também atropelados.

Antes de ter a morte cerebral anunciada, precisou ter suas duas pernas amputadas. Ela foi mais uma vítima do que acontece no dia a dia do transporte público da Cidade Maravilhosa. Consegue perceber o horror que isso significa? Uma mãe que está com seus dois filhos na rua e cuja vida é arrancada brutalmente por um acidente absurdo? Será que há algum tipo de indenização que pague por isso?

Numa tarde de um dia comum, após briga de passageiro e motorista, o ônibus despencou do viaduto como um brinquedinho que cai de uma mesa. Só que naquele transporte havia pessoas, com planos, sonhos, famílias, filhos... Um corte profundo na alma de quem ficou. Um vazio que jamais será preenchido, a sensação de indignação eterna... Poderia ser qualquer um de nós, nossos amigos ou família... Sete vidas se foram, mas a do motorista e a do passageiro foram preservadas para que cada um contasse sua versão da história, para serem odiados pelas famílias das vítimas, para continuarem extrapolando em suas emoções.

O que nós vemos pela janela do ônibus, de casa, pela tela da TV ou pela internet são corpos em sacos pretos. Antes de serem cobertos pelo saco, é necessária a mais cruel das constatações: ausência de pulso, morte, fim. E as autoridades, será que também enxergam? Será que percebem o sofrimento do povo? Estão acima do bem e do mal? Ou talvez não haja necessidade de se importarem, visto que se sentem inatingíveis. Será que as tragédias diárias, de alguma forma, os afetam?

Como se justifica a quantidade de pessoas dentro de um ônibus, no qual o motorista dirige, recebe dinheiro, abre porta, fecha porta e ao mesmo tempo dá troco? Qual o grau de estresse desse motorista? No meu vaivém diário assisto descaso, estresse, medo, fora a ausência de conforto. Roletas apertadas, gente demais se apertando em pé entre os bancos. Alguém sai lucrando com isso, e não é o povo.

Vivemos um caos urbano, um Rio de Janeiro colapsado. Mortes e mais mortes, epidemia de dengue, trens fora dos trilhos, literalmente. Metrôs superlotados. Você já experimentou pegar o metrô às dezessete horas na Estação Carioca? Se você conseguir entrar, me conta. As tragédias são anunciadas.

Sinceramente, é difícil engolir que, mesmo diante de tantas desgraças, nada seja mudado. Os jornais passam, jornalistas se aventuram no nosso dia a dia em metrôs, ônibus e trens, e mesmo depois de passar na TV, ir para as colunas de jornais e para as redes sociais, no dia seguinte, tudo está como sempre foi ou pior.

Nós, contribuintes, que pagamos altos impostos, somos reféns de nós mesmos, que por conta de estresse altíssimo viramos bombas. Vivemos, mesmo sem querer, praticando a loucura da roleta-russa. Motoristas e passageiros estressados, usando suas bombinhas de asma, remédios controlados, gerando um amontoado de tensões. Não demora muito e extravasam as emoções, perdem o controle e explodem, chegando às vezes a matar inocentes.

Enquanto isso, tudo continua. Não importam as mortes, motoristas de ônibus continuam cobrando passagem e dirigindo ao mesmo tempo. Acho uma vergonha que, enquanto nos automóveis particulares é preciso que todos os passageiros usem o cinto de segurança, nos ônibus possam ir quarenta pessoas em pé. O que está acontecendo? Quem anda de ônibus tem menos valor? É inconcebível, é um absurdo tão grande que achar palavras que descrevam minha revolta torna-se complicado.

O que me enjoa e embrulha o estômago é saber que foi preciso que uma estrangeira, uma turista, fosse violentada no interior de uma van para que medidas fossem tomadas. Os mesmos marginais que abusaram da turista já haviam feito isso com outras pessoas, mas nenhuma notícia veio à tona...

Será preciso que morram turistas em nossos transportes, que caiam dos viadutos, para que haja uma verdadeira transformação no transporte público carioca? Nosso sangue brasileiro tem menos valor? Por quê?

A vida acontece aos catorze

Meus pensamentos criam poesias e textos. As letras se unem, tornam-se palavras que, transformadas em versos e prosas, carimbam meu universo de uma beleza paralela. Pode ser na madrugada, quando acordo cedo, ou no caminhar de volta para casa.

As frases ganham vida quando reparo nas gentes, nas mães que amamentam, nos beijos e silêncios de casais, na risada da criança, no homem deitado debaixo de um viaduto, na mulher que grita palavrões e chora ao telefone. Escrevo em linhas imaginárias ao observar o idoso no ponto de ônibus que não consegue que um motorista pare, para que entre e siga seu destino. Reparo na alegria do cachorro com seu dono, nas lágrimas que rolam contínuas do rosto sem marcas de uma adolescente que senta a meu lado.

Tenho muitas paixões, e a maior delas é meu filho. Sou uma mãe preocupada, mas não possuo receitas prontas. Meu adolescente vive suas fases. Hora chega e me enlaça num abraço apertado, outra hora me ofende em uma cara séria, que, quando mal chego perto, já me pede para sair. Às vezes, diante do seu amor ou de sua fúria, relembro meus próprios passos errantes, quando não sabia bem se era uma adulta ou uma criança.

E foi andando pelas ruas do Caju que retornei em lembranças aos meus catorze anos. Confesso ter me assustado com a memória aguçada, e com meu próprio pensamento: "Parece que foi ontem...". Intriga-me lembrar, com refinamento, os detalhes de fatos, fotos, risos, choros, alegrias, desespero. Estranho alinhar meu passado ao presente. Ao mesmo tempo em que recordava, pensava em como é difícil ser adolescente. Tudo tão intenso, belo e frágil. Se eu pudesse, capturaria em milhares de *prints*.

Em um dia em que os conflitos maternos me atribulavam, Neilda Silva, minha amiga de infância, me disse para manter a calma, que Vinicius vivia seu momento adolescente, que os hormônios borbulhavam e os pensamentos se formavam. O corpo conflitava entre a criança que se abandona e o adulto que é formado. Por alguns momentos, me acalmei.

Adolescentes preservam seu mundo, o apresentam às suas tribos, inventam seus tesouros, constroem seus castelos, encolhem-se neles, projetam o futuro. Inventam modas excêntricas, arquivam medos, vivem seus segundos como os únicos e últimos.

Quando adolescente, eu gestava escritas em cadernos espirais. As folhas submissas escondiam minha alma. Nas entrelinhas, a via clandestina que parecia eterna, ou então um instante em que o mundo se evaporava.

Com catorze anos, já era sedenta de amor, e me apaixonei pela primeira vez, e romântica redigia inúmeras poesias! O coração se transformava em uma escola de samba em desfile no sambódromo, só de ver meu amor passar. Outro dia minha mãe me lembrou que, em uma tarde, joguei minhas poesias datilografadas pela janela da casa, em seguida as apanhei, amassei-as na pia da cozinha e joguei álcool e toquei fogo, banhando-as ao mesmo tempo em lágrimas. Enquanto escrevo, um sorriso me escapa, rindo comigo mesma da intensidade das emoções, do drama exagerado. Uma explosão de emoções e hormônios.

Aos catorze, queria ser desenhista, escritora e viver a experiência de um grande amor. Meu primeiro beijo foi no dia anterior à minha festa de quinze anos. Ter minha boca devorada por outra, sentir minha língua ser tocada por outra língua, macia e provocadora, foi uma delícia! Não só pelo sabor das salivas misturadas, mas pela expectativa, ansiedade e sensação de estar me tornando mais mulher.

As lembranças percorrem o labirinto da minha alma em busca dessas alegrias de nossa breve existência. Se hoje acho graça, aos catorze era questão de ar, afogamento, insônia, delírios, noites insones olhando o céu por entre as cortinas da janela. Fogo e desespero, desatino... As noites pareciam não ter fim, como se o amanhã nunca mais fosse amanhecer. Recordar se torna um oásis em meio a esta vida adulta, sóbria e de uma razão de puro tédio.

Traço paralelos e espreito em delícias a juventude de meu filho. Seus talentos que afloram, sua raiva pelas espinhas no rosto, as frases filosóficas de quem já viveu toda uma vida. Surpreende-me, encanta, apaixona, me mata de raiva.

Nossas razões adolescentes são quebradas pelos desvios, acidentes da humanidade. Minha juventude marcou minha vida e, sendo história, fez parte dos fios dos tecidos que me transformaram na mulher que sou hoje.

Meu filho diz que será arquiteto, designer gráfico, fala que quer ser como o tio Artur e que vai morar nas terras mineiras. Outras horas diz que irá para o exterior. Tem dias que não sabe o que será. Gosto de ouvir seus sonhos, sua gargalhada, e também seus momentos nos quais esquece que é quase um homem, e volta a ser apenas uma criança, rindo para valer, assistindo a desenhos e filmes de comédia. Alegrias aos catorze são um voo de águia, planando deliciosamente pela imensidão azul.

Aos catorze, a vida flui. Catorze de sonhos, alegrias, intensidade, chuva, sol, conflitos, ondas de desejo, romance, loucura e beijos. Catorze de silêncios e sons. "Tem certas coisas que eu não sei dizer."

Termino estas linhas banhando-as em folhas de outono. Posso sentir o arrastar das folhas das árvores, já amareladas, rodopiarem em meu quintal. Há uma brisa providencial que sussurra em meu rosto e conta segredinhos em minha orelha. Me faz sorrir e respirar fundo! São *flashes* de um tempo que não volta, de um eterno primeiro beijo, de sonhos que ainda estão na lista, de projetos que não dão mais pra ser... Olho para o céu, percebo que ele continua azul, apesar do vento que me envolve e arrepia.

Gentileza já!

Eu estava no departamento central do meu trabalho, quando uma funcionária me ofereceu um cafezinho.

Ela passava por mim várias vezes, fazendo a limpeza, servindo. Em um desses momentos, percebi que ela encaminhou uma senhora para um espaço reservado da sala. Depois de algum tempo a mulher foi embora com os olhos ainda molhados, a face abatida, o olhar baixo, tentando se refazer de um desabafo.

A funcionária olhou em meus olhos. "Nós não podemos resolver tudo, mas pelo menos uma palavra de paz precisamos dar a uma pessoa aflita." Achei a atitude da funcionária gentil, doce, humana, essencial.

A cena de gentileza tocou meu coração e modificou meu dia. Sabe quando passamos o dia matutando sobre um só tema? Fiquei alerta às delicadezas que podemos praticar muitas vezes no cotidiano. Olhar nos olhos, agradecer, doar palavras de esperança, abraçar...

O estresse rotineiro é tão intenso que impele as pessoas a andar sem olhar para os lados, tropeçar nos outros com seus ombros largos e suas pastas cheias. A pressa é tanta que empurram a pessoa ao lado e não conseguem se desculpar, como se os safanões e a cara fechada fizessem parte do pacote do estresse comum. Por favor, licença, pois não, bom-dia, boa-noite tornaram-se expressões antigas ou cerimoniais.

A delicadeza do toque das mãos, do sorriso, da gentileza gratuita de ceder o lugar aos idosos parece estar entrando em extinção. Prestar um favor ou ser gentil anda tão fora de moda que quando alguém o pratica beira ao heroísmo. Precisamos urgentemente de um manifesto, uma campanha, cartazes, algo que acorde nosso povo do sono do egoísmo. Sugiro o tema: *Gentileza já!*

Insana

Eu que pensei que envelhecer me traria sabedoria. E eu que pensei que amadurecer me aproximaria mais de Deus, E eu que pensei que experiências passadas me fariam mais forte, mais firme, mais sã.

Quanta ilusão imaginar que os anos de vida me tornariam uma pessoa melhor. Sou o espelho, o avesso, o invertido. Deu ruim, não deu.

Quero fugir, ir embora, viajar, partir. De mim. Dessa casca, desse troço, dessa pele. Porque tudo que eu queria era um amor... E vêm as pessoas me trazer filosofias, versículos, histórias. Eu só queria a porra de um amor. Não me fale de amor-próprio, só quero sair de dentro de mim, dessa carência que me come por dentro, dessa ideia de que tinha que dar certo. Submeti-me. Chorei, morri, dei as costas pra mim. Não tente me convencer. Não me ame, não chegue perto.

O inferno pode ser muito pior, mas isso aqui também é um inferno. Ou, como diria minha amiga Lilia: "O que é o inferno pra você?".

Me tira dessa pele, dessa terra, dessa dor. Não escrevo porque sangra. Não penso porque fere mais. Complexo. Humanos deuses do mal. Humanos eu também.

Não quero procurar. Me deixa ir, me dê coragem para ir. Inveja de todo aquele que vive na ignorância, que não reflete, que não sonhou nem idealizou.

E tudo porque eu desejei um amor.

E eu que pensei que o amor era uma coisa simples.

De cristal

A vida bem que podia ser poesia, mas não é. Há uma realidade crua e fria no cotidiano. É preciso confiar para viver. Dormimos sob tetos que foram edificados por outras pessoas. Pegamos o carro, andamos de ônibus e vamos em frente, andando lado a lado com uma multidão de desconhecidos. Entramos no metrô lotado e, ainda assim, levamos nosso livro para aproveitar o tempo e, espremidos, lermos.

Vamos ao jogo de futebol e, em meio ao povo, suspendemos nossa criança por sobre os ombros para que também torça para o time do coração, e vibre.

Rendemo-nos aos amores, selamos compromissos. Há um pacto. Fazemos promessas eternas, acreditamos nas músicas inventadas e nos dedicamos em nome do amor e das palavras um dia pronunciadas.

Vivemos em apartamentos, compartilhando cimento, vigas e tijolos com centenas de outras famílias. Confiamos que elas serão responsáveis nos cuidados necessários ao lar. Compramos em mercados, comemos em restaurantes, deixamos nossas crianças brincar no parque. Confiamos. Do contrário, ficaríamos presos em nossas casas.

A traição tem muitas faces. Sentimo-nos traídos quando compramos um alimento no mercado e, ao chegarmos em casa, vemos que a validade passou, o produto fede.

Sentimo-nos traídos quando estamos em nosso carro, comprado com trabalho, suor e esforço, pagando parcelas eternas, e de repente alguém aparece e o leva. Com que direito? Nós confiamos na segurança, do contrário, não sairíamos às ruas...

Quando o médico erra na cirurgia, enquanto estávamos anestesiados, incapazes de qualquer reação, sentimos a tristeza de termos sido vítimas, e não pacientes. Segue a dor ao admitirmos que profissionais, promotores da saúde, ignoram a vida.

Que tipo de sensação nos invade se o prédio em que investimos nosso suor, e em que moramos ou trabalhamos, desaba? É possível subir novamente um elevador sem recordar? Quando o metrô lotado para, não há justificativas que nos convençam de que aquele lugar pode ser novamente seguro.

Para sair de casa e fazer parte de uma multidão que anda, passa, corre, é necessário confiar. Para girar a chave de nossa casa, entrar em nosso quarto, apagar as luzes, fechar os olhos e dormir, é preciso confiar. É preciso confiança para entrar em um banco, ir ao cinema, comer a comida do restaurante ao lado, conversar com o estranho que nos sorri.

Sentimo-nos esvaziados de alma quando um amigo que, como padre, recebeu nossa confissão comete o pecado da infidelidade. Mudo desespero. As palavras faltam, e o choro sufoca. Machuca.

Que tipo de medida usamos para a dor que sentimos quando as promessas ditas em altar, na presença de testemunhas, famílias, usando ouro, Bíblia e o nome de Deus, são lançadas ao vento? Há cola capaz de unir os pedaços de uma taça de cristal que se espatifou? A semiobscuridade da desconfiança e da dor cria crostas, e a vontade é de desistir. Contudo, mesmo debruçada ao dilaceramento, a vida implora de joelhos para que prossigamos.

O humano, animal que fala e sente, ganhou com a inteligência a capacidade de dissimular e, com o dom de mascarar a realidade de suas intenções, ri enquanto quer chorar, chora quando por dentro ri... Beija, como Judas fez, e profere palavras de amor enquanto em suas costas segura o punhal. Armadilhas assim nos surpreendem e para sempre olharemos para os lados, desencantados e com desconfiança.

Talvez as feridas da alma causadas pela emoção sacrificada demandem mais tempo para ser cauterizadas. Quando as pilastras das promessas de um amor ou da fidelidade de um amigo são sacudidas, os alicerces se corrompem, e a reconstrução leva algum tempo.

Que bom que em nossa vida, temperada de emoções, temos, além da dor, do medo e da insegurança, sabores que nos sustentam, chamados de fé, esperança e superação.

Ano-Novo

Quantos buracos cabem na alma? Quanto nosso coração suporta ser transpassado? Não importa a data em que estamos, ou o tempo que respeite nossa sobriedade, somos surpreendidos pelos desafetos.

Mais uma vez sou obrigada a manter esse nó grosso que entala na minha garganta e sufoca minha respiração. Uma vez mais recorro às palavras para me trazerem algum consolo. Choro com todo o corpo, e não só com os olhos. O grito entalado na garganta insiste em dizer que dor é física e machuca. Não há quem culpar.

A vida é um acúmulo de perdas, apesar dos ganhos. É preciso enumerar as graças, para que as desgraças não sobressaiam.

O Ano-Novo se aproxima, e isso é peculiarmente difícil, apesar de a data ser festiva. Para qualquer lugar que mova meu olhar, encontro o tom de alegria. Pessoas compram, programam, se inquietam nas superficialidades que invejo. Sorrisos que desconheço. Fecho os olhos e só o que sinto é um vazio, um sentimento visceral de perda. Um não sei de que para nada. Uma ausência de motivos.

No momento, meu coração bate na boca por constatar que sou frágil apesar de precisar ser forte. Assusta-me essa vida de surpresas, que nos tira o chão e desequilibra. Dias como esses me lembram da infância, quando me apavorava o poder dos trovões e encontrava abrigo nos braços de meus pais. Hoje choveu forte na minha vida, com relâmpagos, raios e trovões, e estou assustada. Levarei mais este buraco. Tamparei com a peneira até que pare de doer.

No entanto, apesar de tudo, há uma razão que pulsa fraca e me lembra que as experiências ruins do passado foram, de algum modo, superadas. De dentro da minha bolha solitária e invisível, compreendo que não há dor que o tempo não cure, dando espaço para novas alegrias, novas aventuras e outros amores.

Corda bamba

Equilíbrio talvez seja a mais importante das virtudes que alguém possa ter. Penso em equilíbrio quando imagino uma corda bamba cruzando um abismo, como nos filmes e desenhos que cansamos de ver. Quem a atravessa são os heróis, mocinhos, enquanto, deste lado da tela, a respiração fica suspensa. Somos esses heróis no dia a dia. Ou não, quando simplesmente caímos.

Já segurei muitas barras, e mantive o equilíbrio, momentaneamente, talvez. Ou fingi que o tinha. Segurei o choro, suprimi o grito, sorri falsamente, não argumentei.

Houve uma tarde em que perdi o equilíbrio dentro de um hospital. Meus pulsos e braços doíam, e precisei marcar um exame de eletroneuromiografia. Já era a segunda tentativa de consulta, pois anteriormente o médico havia faltado. Já no hospital, apresentei minha carteira de identidade à recepção. "Ah, a médica veio hoje e disse que não trabalha mais aqui", foi a resposta que obtive.

Parece que não só o desrespeito da médica, da clínica, do plano, mas tudo o mais veio à tona, e desabei. Não conseguia sinal de celular dentro da clínica para remarcar com o plano de saúde, os pulsos doíam ainda mais. Eu me sentia exausta, sem forças, nervosa e desanimada ao mesmo tempo. Sentei-me nos degraus do pátio da clínica, até que o segurança disse que eu estava na passagem e me mandou levantar e sair. Foi a gota d'água, o estopim, o sangue subiu, e fiquei vermelha. Gritei com o segurança, disse que se quisesse que eu saísse que me tirasse dali.

Na verdade, me levantei, me senti sozinha, as pernas tremeram. Andei cerca de cinquenta minutos até meu local de trabalho para encontrar de novo minha calma. De fato, sei que me desequilibrei, a emoção tomou conta e já não discernia as ruas, as conexões cerebrais se confundiram. Chorei como criança enquanto andava pelas ruas.

Algo mais em mim estava perturbado, e aquilo que se mantinha forçado numa calmaria mentirosa explodiu em choro convulsivo. Não é fácil manter o sorriso e as palavras mansas enquanto valores, razões, certezas e mentiras sacodem por dentro como ingredientes diferentes dentro de um copo de liquidificador.

O precipício está sempre bem abaixo, espreitando, vigiando a hora da queda. Parece o próprio canto da sereia, seduzindo com charme que leva ao fundo do oceano. Na verdade, para conseguir vencer, você tem que contar apenas com seu próprio corpo, suas únicas armas para não despencar. Então, começamos uma caça, escarafunchamos a alma, o coração, o espírito, tudo que já aprendemos para encontrar algo sólido que nos forneça consistência para chegarmos ao outro lado em segurança.

Quantas vezes somos empurrados do alto, e então nem dá tempo de pensar em manter-se de pé. O jeito é limpar os joelhos, a sujeira do chão que ficou em nós, tratar as feridas aparentes, tratar os ossos quebrados, estagnar o sangue que jorra do corpo. O jeito é esquecer as pessoas que nos vigiam, torcem contra e até dão risadas. É preciso se reerguer, tomar mais cuidado e manter-se prudente.

Escrever sobre equilíbrio me faz lembrar as tantas vezes que o tive e as centenas de vezes que o perdi. E só eu sabia, ninguém mais. Desespero, insanidade e tudo isso debaixo da pele. No rosto, um sorriso de dentes. Criança querendo colo. Que colo? De quem? Humanidade, mortalidade, apenas isso.

Equilíbrio é um estado. Às vezes é bom perdê-lo, para enfim, quem sabe, reencontrá-lo. Nem sempre cair é mortal, pode ser uma redefinição de caminhos. É olhar para o espelho e não encontrar deuses, só um ser humano, frágil, sim, mas com a esperança de reinventar-se, recomeçar, reviver.

Rever o mundo de um novo ângulo, desorientar para orientar. Chorar tanto que, de tão vazia, a alma limpa é inundada pela paz.

Saudade – alguma definição

Era para ser uma manhã comum de um verão qualquer, mas sentia que havia algo errado. Havia um espaço, um vazio, era a falta materializada. O coração amanheceu explodindo, como se fosse grande demais para caber dentro do corpo. A alma suplicou por algo que eu não poderia conceder. Foi como se o mundo inteiro fosse pequeno para a saudade que sentia.

Levantar pela manhã sem precisar correr para o trabalho, com um feriado inteiro pela frente, faz a gente refletir, e aconteceu de a ausência rasgar uma fenda e provocar o registro do vazio.

Queria ter mãos gigantes e colher pelos cantos do mundo amigos que o destino se encarregou de espalhar e tê-los por um espaço de tempo na palma das mãos. Trazê-los para bem perto do meu abraço, para sentir o perfume mais uma vez, ouvir a voz, olhar nos olhos.

A vida, sempre gentil comigo, me proporcionou amizades de raiz, pessoas de natureza simples, sorriso aberto, de mãos estendidas. Gente que faz parte do que sou e se mistura ao sangue que corre em minhas veias. Jamais seria quem sou, sem os traços de vida e alegria que tatuaram em mim.

Talvez alguns deles possam interpretar a distância física como descaso, esquecimento, desamor. Confesso que tudo em mim implora pela presença daqueles a quem posso chamar de amigos. Essa raridade, amor essencial que existe.

Não consigo evitar as lágrimas enquanto digito as palavras. Lembranças se tornam *flashes*: música e violão, voz e canto, guitarra e bateria, Diamantina, Três Marias, Belo Horizonte, Três Rios, sítio de Itaipuaçu e congressos da igreja. Rua dos Artistas fechada para o evento da convenção da igreja, paradas nas viagens para lanches na estrada em Santos Dumont, leite tirado da vaca na hora. Gruta do Maquiné, restaurantes e pizzarias, pique-esconde, pique-bandeira, caça-fantasmas, brincadeiras de todos os tipos... Voz grave dos nossos pais, poesias lidas, São Paulo, coxinhas no meio da noite, piadas que só um grande amigo que se foi sabia contar daquele jeito, fazer xixi nas calças por não aguentar tanta risada. Mangueira, Praia do Grumari, Pedra de Guaratiba, jantares, ficar depois dos cultos cantando e dançando mesmo depois de quase todo mundo ir embora, Bangu... Meu teclado, descidas em papelão nas gramas da Quinta da Boa Vista, Tivoly Park... Sinto falta do barulho do dominó quase quebrando a mesa de nossa casa, enquanto nós corríamos, ríamos e guardávamos nossos segredos de gente feliz. Quantos beijos roubados no quintal de nossa casa, e nos fundos da igreja. Para cada palavra, uma imagem. Para cada imagem, uma lágrima.

Nomes? Eu poderia escrever um livro sobre o grande amor que tenho por cada uma das pessoas listadas. Joel. Joquebede, Késia, Kelly, Quésia, Neilda, Jônatas, Neilson, Verônica, Rosilene, Reinaldo, Mônica, Roneida, Claudia, Lirane, Tamara, Fábio e Artur. E, com eles, nossos pais, Fábio e Leni, Argeu e Nilza, Paulo e Maria, Geraldo e Lúcia, Jair e Carmem, motivo da essência e pedra fundamental de nossa alegria e nossa amizade.

Qual de nós poderia prever a separação iminente? Acreditávamos que éramos intocáveis, inseparáveis. Não havia uma vírgula de dúvida de que algo poderia sair errado nos nossos planos. Havia? Não. A certeza da felicidade nos desnorteou.

A distância, bem como os problemas, veio gradativa. Um pouco de silêncio. Em alguns momentos de nossa vida, o silêncio tornou-se anos. Multiplicação de dias sem contato, sem abraço, sem cartas, e-mails ou voz.

Novas pessoas, como devia mesmo ser, começaram a fazer parte de nossas vidas, algumas até hoje não entendem o valor, a essência e a profundidade de nosso amor. E pelas mais diversas razões, nenhuma delas justificável, há ainda mais silêncio.

E a música nunca mais foi a mesma.

A lembrança da voz de cada um é nítida, como se os anos não tivessem passado. Sinto a voz bem de perto, como se falasse bem aqui, do meu lado.

Escrevo de frente para a varanda de casa, que continua a mesma, intacta e forte, também palco de nossa infância. Relembro as centenas de vezes que brincamos, conversamos e dividimos nossos segredos adolescentes. Chamo de mágica realidade. Tempo bom. Passado.

Sei que minhas palavras podem despertar lembranças doces, de vidas reservadas para somente alegrias, e certamente não contávamos com tantas adversidades, pois acreditávamos mesmo que éramos de alguma forma encapsulados e que nada nos atingiria. Guardávamos os sonhos com absoluta calma e a certeza de que as coisas aconteceriam como a gente imaginava.

Pensávamos que nossos filhos cresceriam juntos como nós crescemos. E que eles brincariam nos quintais de nossas casas, e que viajaríamos juntos em caravanas, com música, violão, abraços e muita conversa varando a noite...

Em meio ao silêncio que aos poucos cultiva a saudade, tivemos a certeza de nossa fragilidade e mortalidade quando, da noite para o dia, nosso baterista, o mais galanteador de todos os amigos, nos deixou. Sem aviso prévio. Isso nos fez perceber que o tempo não perdoa, não para, não espera.

Aprendemos a viver nossas vidas, a correr pelo dinheiro que nos garante o pão de cada dia, a usar a internet. Alguns de nós com filhos. Poucos filhos. Nenhum filho.

Conversando comigo mesma, nas perguntas e respostas de meus pensamentos, concluí que, nestes trinta e quatro anos de vida, tendo passado por tantas experiências, a simplicidade de nossa amizade é até hoje o que mais valeu. Era pura, sem máscaras, para falar o que tinha que ser dito, porque, por mais duro que fosse ouvir, só fazia bem. Quem sabe, em algum momento, a gente consiga fazer uma viagem juntos, levar o violão e voltar a rir dos velhos e bons momentos?

Desculpa a nostalgia de outono, a poesia fora de hora, a falta de jeito para expressar...

Máquina do tempo

Basta uma palavra para acionar toda a máquina do pensamento. O dispositivo de repente é acionado e busca, nos labirintos da alma, cenas, músicas, sons, cheiros de um tempo bom e distante. Sons e aromas se fazem presentes na ausência.

Boas músicas, abraços e calor fazem a vida ter sabores, vibrações, emoções. Sorriso no canto dos lábios, brilho no olho. No entanto, com o correr dos dias, pessoas somem, e eu também desapareço. Contatos e telefones são perdidos por negligência, trabalho, loucura.

As esquisitices da personalidade, somadas ao tempo que não perdoa, vão a contrassenso, fazendo acumular perdas consideráveis. Quero estender meu braço e tocar de leve todas as emoções que um dia vivi. Mas não alcanço, há névoas, distância, rios e mares entre aquilo que um dia me encantou e o que é real.

Pessoas mudam, como tudo que há neste mundo. Sabemos que nada é para sempre. Por que não nos conformamos? Nossa peregrinação na terra é feita em ciclos. Se as memórias não chicoteassem minha paz solitária, certamente não sentiria o nó grosso entalado na garganta.

Não culpo só o destino, mas minha estagnação, pirações e egoísmo de simplesmente viver procrastinando. As bonitas teorias não foram suficientes para me fazer caminhar e procurar aqueles que o tempo, e não a vida, levou...

Resgato nas memórias as delícias já provadas, na esperança de trazer recordações à superfície. Se, em instantes, a culpa me sufoca como um afogamento desesperado, em outros a nostalgia me aponta que tudo se esvai na simplicidade da brisa da tarde, um vento outonal que balança as cortinas da sala, arrepiando a pele.

Nesse desequilíbrio tão humano de saudade, culpa e desculpa, surgem as ondas que vão e vêm em forma de pensamento, o coração desaba e a alma se derrama.

Estou sentindo falta da presença, da fala, do riso e dos abraços de um monte de gente que amo, mas que não é mais quem era. Não penso nisso como uma coisa má, pois também não sou mais a mesma. Sofremos os efeitos do tempo, nos desgastamos e tomamos novas formas e novos rumos.

Seguimos a vida, um tanto conformados nesta tese de mudança, até que um cheiro, uma música, uma foto nos arrebata em um túnel do tempo, em uma volta ao passado que valeu viver. A emoção despenca.

Saudade, saudade doída de um monte de gente...

No limite

Vivemos em limites. Mas entender quais são ainda é um aprendizado que dura toda a vida, com inúmeras reprovações e, quem sabe, sem sucesso.

Qual o limite da renúncia? Até onde nos permitir a passividade? Como se mede a linha que divide a razão da emoção, de forma que a identidade não se perca?

Fui reprovada no quesito limites, pois alonguei essa linha por demais e, ao me olhar no espelho, não fui capaz de reconhecer minha imagem. Permiti de tal forma que minha essência se escondeu, dando espaço para uma pessoa estranha, que usava meu corpo, minha forma e minha boca e me fazia andar feito zumbi. Uma morta entre os vivos, tudo por questão dos limites que não respeitei.

Rever não é seguro. Confusão, desequilíbrio e alienação são sintomas de que algo está errado. No entanto, a falta de visão, olhos vendados, são sintomas também, e assim o mundo gira. Tombamos sem ao menos ver o que acontece. Como rever, reaver, retornar?

Nas brincadeiras de criança, lembro da cabra-cega, ou do rabo do burro, que consiste em tampar os olhos e rodopiar uma pessoa até que fique tonta e depois, ainda com olhos vendados, tente acertar a parte traseira da figura de um burro, colocando um rabo nele. Os demais participantes zombam daquele que, tonto, anda de um lado para o outro desnorteado.

Essa brincadeira pode ser exemplo para esses momentos de instabilidade que nos rodopiam enquanto nossa alma está imersa na escuridão. Onde estou? Para onde vou? Como vim parar aqui?

E, como a criança que brinca, assim nos encontramos, mãos para a frente, tentando apalpar algo que nos pareça familiar, tentando achar qualquer coisa que nos dê segurança. Um livro rasgado, sem começo, sem final. Encontro com o nada.

Acredito que o mais sensato, se é que a sensatez existe de fato, é simplesmente sentar. Quem sabe sentar, até mesmo deitar, deixar a escuridão se aquietar, até ser só o breu. Uma hora a solidão, a falta de parâmetros, se agigantará, mas a tontura diminuirá, e os olhos, dolorosa e lentamente, voltarão a ver o que há ao redor.

A fase do desespero passará. Os olhos se abrirão, e não haverá espectadores. Não haverá reconhecimento local, mas a essência estará pronta para o retorno. Uma reconstituição de valores, amor. Contudo, reerguer-se requer mais força que se possa descrever.

Será mesmo que os loucos nascem loucos, ou, afrontados pelo medo de prosseguir, preferiram a tontura eterna? Será que, em vez de desejar reconstituí-la, achar o caminho de volta, escolheram a eterna escuridão da alienação? Não julgo, porque às vezes a força evapora.

Para os que têm sorte e corajosamente retomam a vida perdida, é essencial manter o alerta. Ah, como seria bom se pudéssemos evitar as dores e prolongar as festas! Mas é no cotidiano que, com fé, nos restabelecemos.

Erros e acertos nos constituem como pessoa. Que possamos aprender e reavaliar nossos limites. Entender melhor a fragilidade de nossa humanidade, aprofundar relações saudáveis, deitar na escuridão quando o mundo se torna terremoto e aquietar até que a mente sossegada permita viver.

Que com o tempo possamos nos tornar melhores no reconhecimento dos próprios limites, respeitar nossos sentimentos e valores e acreditar mais no nosso instinto de preservação da alma.

Somos brisa que passa na história da humanidade, mas a brisa alegra as flores, encanta as manhãs, rega de amor os passeios à beira-mar...

Podemos também ser vento tempestuoso, furioso, capaz de derrubar vidas, cidades e mundos. A decisão dos limites, esta escolha ainda é nossa. Se não formos capazes de dirigir nossas escolhas, de brisa viramos tornado sem perceber e arrebentamos nossa casa principal, o coração, guardador de toda vida. Limites... Respeite o seu.

A cara do Rio

> "Muitas pessoas têm uma ideia errada sobre o que constitui a verdadeira felicidade. Ela não é alcançada por meio de gratificação pessoal, mas através da fidelidade a um objetivo que valha a pena"
>
> Helen Keller

Uma vez minha mãe me disse: "Rute, você tem um universo em você". Eu era criança, mas as palavras ficaram tatuadas em mim. Cada vez ganham mais sentido.

Tudo lá... pronto para explodir, transformar.

Tenho inúmeras ideias, sonhos, ideais e projetos. Posso morrer com todos, também posso colocá-los a sete palmos de terra. Tenho também a opção de transformar o mundo, inspirar pessoas, melhorar a vida do meu próximo.

Todos os grandes feitos vieram de visionários, loucos, dos ditos insanos: Santos Dumont, Henry Ford, Thomas A. Edison, Theodore Roosevelt, Juscelino, Beethoven, Helen Keller, Charles Dickens; são inúmeros casos de sonhos insanos que mudaram para sempre a vida da humanidade.

Eu preciso acreditar em crianças fora dos chãos gelados das ruas. Meu universo interior se inspira em fé e esperança. No entanto, sei que todo este universo se limita a um tempo e uma vida, e que não irá comigo para o meu enterro. Para deixar um legado, é preciso fazê-lo em vida.

Há cura para essa desgraça social, há representantes de bem, que também não aguentam tanta calamidade com nossas crianças.

Sou uma visionária da educação, acredito em uma vida digna para nossos pequenos, que não têm culpa de nascer na miséria.

Sonho com um lugar, um complexo repleto de verde, extenso, com muitas árvores e flores, jardins... Sonho com uma área esportiva, campo de futebol, bonito, gramado... Vôlei, basquete... Sonho com piscinas azuis, grandes, pequenas, com trampolim... Sonho com sala de jogos... Totó, sinuca, pingue-pongue. Sonho com quartos amplos, camas gostosas, lençóis limpos, edredons fofinhos... Sonho com café da manhã com pão e queijo, leite com Nescau, maçã e mamão. Sonho com almoço e janta, com arroz, feijão, carne, frango, purê de batatas, alface e tomate com azeite e vinagre.

Neste sonho, vejo crianças estudando pela manhã, almoçando com apetite, saudáveis. Essas crianças correm pela área verde, aprendem jardinagem, enchem as mãos na terra. Elas fazem esculturas, aprendem a modelar o barro, pintam telas, dançam balé, hip-hop, samba e funk. Lutam capoeira, se divertem no judô e dão um show na piscina, aprendem marcenaria, fazem brinquedos com madeira, aprendem mecânica de carro e a consertar aparelhos eletrônicos; à tardinha, um filme no cinema da sala anexa.

Hora da janta. Cansaço gostoso, dia produtivo, olhar risonho nas estrelas. Tem um futuro aguardando logo ali. Um emprego, família, dignidade.

É uma visão, minha visão, meu sonho, meu universo. Viajamos pelo ar, pelo mar, por debaixo da terra. Vemos ao vivo o que acontece no Japão e falamos com o outro lado do mundo ao telefone como se estivéssemos lado a lado. Estamos conectados ao mundo 24 horas. Quero sonhar cada vez mais com crianças felizes.

Pequenos prazeres

Faço dança às segundas e quartas. Orgulho-me em dizer que já pratico há dois anos, pois, apesar de parecer simples para uns, para mim foi uma superação.

Desde criança a arte da dança me fascina. Corpos em movimento, estado extasiado estampado na face de quem pratica, deliciam quem vê. É um movimento natural, instinto da essência, tanto que bebês sacodem perninhas e mãozinhas ao ouvir uma música. No entanto, junto com meu desejo pelo movimento, havia também o medo da exposição, do erro, de não seguir os passos. Confesso que tinha pavor de ser conduzida por um cavalheiro.

Quantas vezes nos travamos e evitamos dias maravilhosos por medo? Se pensarmos com carinho, se formos de fato honestos conosco, perceberemos que não há por que temer, visto que a própria vida é um risco iminente. Onde está a segurança quando pegamos um ônibus, ou quando entramos em um edifício? Não há pausa para os riscos, nem no momento em que nosso corpo repousa. Então, qual a razão do medo?

A vida é breve, misteriosa e preciosa. Não podemos negar vida aos dias que temos. Não sabemos a soma deles. Será hoje? Amanhã? Daqui a trinta anos? Não há ciência no mundo capaz de prever. Desse modo, a vida é o próprio brinde. Há motivos para que recusemos os sorrisos que nascem de atos simples e estão ao alcance do toque de nossas mãos?

Na verdade, o que costuma nos fazer bem e deixar nossa alma leve está dentro da nossa possibilidade de realizar feitos. O que te faz feliz? O que faz você sorrir com o coração? Tente lembrar-se daquele tempo em que a vida era simples, bela e você gargalhava. Quem eram essas pessoas que te faziam pensar que havia um quê de encanto na vida?

Estamos no timão do navio. O controle é nosso, cada um de nós é o capitão de sua própria embarcação. Nós o levamos para onde queremos. Nosso dever é rever as rotas, entender se o caminho que se faz hoje é o que vale a pena. Não queremos ser um Titanic, nem ver nossos sonhos afogados.

Ainda há tempo.

Um dia resolvi ir à aula de dança, mesmo sem saber dançar, pronta para errar, pronta para os outros rirem de mim, pronta para me movimentar, sentir meu corpo seguir as ondas deliciosas da música, pronta para ter coragem.

Ninguém riu de mim. Eu errei muitos passos. E daí? Errar é só um termo. O importante é que a preciosidade da vida não passe em prol dos olhos alheios. É preciso ter, antes de tudo, um compromisso consigo mesmo, de fidelidade à sua felicidade. Ou, então, para que viveríamos?

Online

"Expresse suas ideias online", é o que diz o blogger... Não sei se poderia expressá-las com toda a verdade que desejo.

Há uma camada grossa que esconde um monte de sentimentos que precisam ficar quietinhos, como grãos de poeira de uma casa velha. Se começar a varrer, uma nuvem de poeira se espalha, e o ambiente fica turvo.

Desvendar a alma, revelá-la do avesso porque o mundo pede o que Cazuza cantava, "... *mentiras sinceras me interessam*", sem contar que as pessoas julgam sem misericórdia.

É raro acontecer alguma situação que me faça perder a calma, o que talvez fosse melhor, pois, quando silencio, é mais complicado eu sentir vontade de voltar a me pronunciar. Não me orgulho disso, mas, quando meu coração esfria, não há fogueira ou sol que o aqueça.

Costumo escrever quando a alma já não suporta o peso dos pensamentos e é preciso que eu os derrame. As palavras jorram, e a alma fica mais leve.

É preciso coragem para enfrentar os desafios. Saber olhar para a dor e ignorar. Deixar estar a tempestade.

É verdade que a cama, o edredom e as cortinas fechadas se transformam em tentações. Deitar, cobrir o corpo até a cabeça, fechar os olhos e alimentar o escuro. Reagir é a única tábua de salvação, o limite entre a entrega e a sobrevida. Se a tristeza, diabinho que diz "desista", sopra em um dos ouvidos, no outro, anjos brilhantes despertam para a beleza das cores, das flores, das crianças. E, assim, a dor é mais uma vez enganada.

Sim, a poeirinha está lá, deitada e quieta. A dor em seu canto espreita, faz brotar lágrimas, mas a força divina me mantém em pé.

Desafios são vencidos todos os dias. Quebro barreiras e mantenho o humor. Problemas existem para serem solucionados. Não é fácil, necessita de dose dupla de resistência e tripla de equilíbrio emocional, mas isso eu tenho. Pois meu cobertor tem a quentura necessária para o meu frio...

A decisão é minha!

Vou começar minhas impressões pelo que a alma vai pintando. Às vezes, escrever sai como pintura, os pincéis ganham vida própria. Assim são as palavras que vão saltando pelos dedos como quem traça seu próprio destino. Vou domar a ponta dos meus dedos e organizar as palavras para que eu consiga expressar o que sinto.

A vida é feita de escolhas e de coragem. Nos escritos bíblicos, encontramos o sábio dizer que para tudo há tempo. E em qualquer tempo é preciso fazer escolhas.

Seguir? Voltar? Parar?

Esquecer? Lembrar?

Renovar? Perdoar?

Até o não decidir é uma escolha. No entanto, as escolhas são em grande parte o que fazemos com o inevitável. Paradoxalmente, a chuva, o vento, os tsunamis e os vulcões que sacodem nossa estrutura com acontecimentos inevitáveis e não previstos não são escolhas nossas.

Elas são o que fazemos depois da casa derrubada, depois de a enchente quase nos sufocar, depois que só nos sobra o corpo e uma alma esfacelada.

O que fazer depois do direito ao choro? Deitar e morrer? Essa é certamente a escolha de muitos. Sempre achei que a loucura toma conta de uma pessoa aos pouquinhos.

Já tive meus vendavais exclusivos que esmiuçaram meu orgulho, minha vaidade, e por alguns anos deixaram vazio meu baú de sonhos, aqueles que a gente reserva e vez ou outra se dá o direito de delirar.

Tranquei-me. E essa foi uma escolha. Entretanto, tanto quanto são inevitáveis os maremotos, também o são a brisa, a chuva que refresca o calor dos raios de sol depois de vigorosos invernos.

E, quando menos se espera, a lua está cheia no céu, e as estrelas parecem estar bem mais perto que antes. As flores resolvem desabrochar e se banhar no orvalho da manhã... E a surpresa é que toda a natureza, antes resolvida a esmagar tudo que se via pela frente, agora se mostra simplesmente doce e singela...

No mar, ondas que brincam com a brisa; no céu, as nuvens de algodão que insistem em pintar de branco o eterno azul...

Essa sou eu. Hoje.

Garantias por resolver me permitir? Garantias por depositar sonhos no baú, outrora vazio? Há algum seguro de felicidade? Alguém que eu possa pagar para que me devolva a felicidade e o amor, se algum dia alguém resolver levá-los embora? Absolutamente. A única resposta é: não há garantias.

Por que, então, decido ver novamente estrelas e destrancar essa porta que guardava em segurança meu maior tesouro? Por que permitir que entrem?

Essa foi minha escolha, e estou com medo, mas eu quero seguir, mesmo assim. Recomeço.

Pode ser que eu tropece, que me arrependa. Sei que faz parte desta roda-gigante da vida, e que os ciclos são próprios da natureza. No entanto, não renunciarei a esta chance. Permitirei me entregar a esta escolha e me render às estrelas que agora parecem estar tão pertinho...

Quando, num passado próximo, a dor bateu na minha porta e invadiu minha vida, eu me atirei sobre ela e vivi o luto de um sonho morto com todas as forças. Por isso entrego-me à chance de viver com intensidade a alegria e a rendição de tentar outra vez.

Vintage

Ele me esperou deitado na cama. Estava com calça jeans e cinto, não era seu jeito normal. Disse que precisávamos conversar. Sabia, antes de ele dizer, que algo de errado havia.

Em um segundo sabia que estava sendo deixada pela pessoa mais gentil que conheci. Uma pena que ele não acreditou nas minhas versões. Mas eu já tinha vivido muita história para ousar um desespero.

Muito silêncio, pausas estranhas nos dias anteriores.

Decidido, abriu a boca e liberou o vespeiro: disse que ia embora.

Fui toda machucada de uma só vez. Bum!

Seguindo o clichê, perguntei se era outra, se não me amava mais.

Conforme o padrão, você negou. Deu explicações descombinadas, me olhava através, e não para mim.

Recusou o toque que tantas vezes implorou, virou o comportamento do avesso. Eu formulava as mesmas questões, como se procurasse alguma resposta cabível que me convencesse.

A noite era silenciosa lá fora. E, de algum modo, fui vencida pela conformação nas primeiras horas. Entreguei-me às suas falsas declarações rapidamente, fingindo ter levado um tiro de misericórdia, para tentar fazer calar a dor.

Então você começou o ritual macabro da separação. Pedi que o fizesse em minha ausência, mas era nítida sua necessidade de sair daquele quarto, daquela casa, da minha vida o mais rápido possível. Abriu o armário e demorou uma eternidade guardando as peças. Um pouco fora de mim, ofereci uma calcinha pequena, uma que você gostava de me ver vestir, usar e tirar. Você não quis. Fez cara de "desnecessário". Então peguei um livro meu e lhe dediquei. Você aceitou.

Entretanto, com as bolsas e mochilas pelo chão, você acatou que era alta madrugada e que era melhor dormir e ir no dia seguinte. Não tive ataque suicida nem espalhei roupas pela casa, calei. Nos deitamos na continuidade de um ritual ainda mais sinistro. Você me abraçou de todas as formas, sua respiração queimava minha nuca, suas mãos deslizavam pelo meu corpo e pairavam entre minhas pernas. Sentia sua excitação permanente, latejando contra meu corpo, mas apenas isso. Não houve despedida no sexo.

Acordou e me beijou. Olhou meu corpo, desejou, mas apenas isso. Levantou dizendo que estava na hora de ir. Perguntei se era isso mesmo que você queria. Tive uma crise de choro, perguntei por que você estava me colocando para fora de sua vida. Antes, porém, que a minha dignidade fosse embora mais rápido que você, de novo calei. Ajudei com as bolsas até o portão. Voltei e vi que você tinha esquecido o celular. Será que foi de propósito? Levei correndo para você. Nos abraçamos, desejamos boa sorte como bons amigos. O portão se fechou.

É noite, nem deu 24 horas e meu corpo já reagiu. Não gritei, mas meu corpo empolou, meu intestino desarranjou, e estou entre escrever e ir ao banheiro às pressas. Embora não seja dependente, nem tão frágil, confesso minha dor, essa que já conheço.

A idade e as tantas desilusões criam casca grossa, e não abalam como antes. No entanto, há um processo interior que perfura, faz buracos na alma. Um lamento fino, porém profundo. Uma tristeza que está para além da perda. Olho por trás do ombro, revejo os passos que dei e então percebo que, mais uma vez, minhas pegadas são as únicas. Essa é minha verdade.

Atravessei tempestades fortes, e sei que a sua ausência não me matará. Ainda assim, não serei hipócrita para mentir que me sinto livre, que não sofro, que estou bem, melhor assim etc. Eu sinto a perda, sofro, choro e sei que vou chorar às vezes, mas vou superar mais rápido, mais sobriamente, sem excessos e sem maiores dramas. Vou lutar contra a tristeza na beleza do meu trabalho, na dança que me fascina, na risada do dia a dia, no abraço dos amigos, na doce voz do meu filho Vinicius.

Continuo andando, para a frente, claro. Sei que novos sorrisos, amizades e amores vão chegar. Outros modos de pensar, outras alegrias, outros beijos. De você, levo a lembrança doce do que foram nossos melhores dias. E, venha o que vier, eu vou ser feliz.

Quem manda no meu corpo sou eu!

A expressão "meu corpo, minhas regras" está em muitos lugares, e aproveito para citá-la aqui também. Comecei a usá-la quase como um mantra, e a recitá-la para um monte de amigas.

Por sorte do destino, eu e amigas de infância nos encontramos e passamos um dia inteiro juntas. Claro, não foi suficiente. Muitas histórias para colocar em dia, segredos e planos a compartilhar. Umas casaram, outras divorciaram, algumas estão de viagem marcada para fora do país. Falamos de tudo, e, como toda conversa entre amigas, sexo foi bem falado, com muitas gargalhadas.

Carne na churrasqueira, caipirinha, cerveja e refrigerantes. Tudo feito por nós. Conversa rasgada, sem mimimi. O tempo não mudou nossa intimidade, e isso foi incrível.

As controvérsias em voz alta, discussões deliciosas entre amigas cúmplices (e os vizinhos que ouviam) trouxeram o tema "meu corpo, minhas regras". A expressão é nova e deveria ser algo óbvio, mas não é. Pra mim não foi na minha juventude, e para muitas mulheres essa é uma realidade muito distante.

Passo primeiro: questione-se. Você tem regras para sua casa principal? Seu corpo. Quem manda nele? Se não houver seus próprios princípios, não digo os estabelecidos por religião, sociedade, cultura. Digo, os seus. Isso inclui o que você veste, come, como permite que te toquem sexualmente, o que permite que seus ouvidos ouçam, a forma como autoriza que falem com você. Que regras você tem para isso?

Já vivi o contrário, por isso escrevo com propriedade sobre o assunto. Já permiti que gritassem comigo, xingassem, ditassem qual era o melhor corte de cabelo pra mim, me tocassem quando eu não tinha vontade. Eu não tinha consciência do "meu corpo, minhas regras". Hoje, não mais. Eu coloco trancinha, megahair, corto meu cabelo bem curtinho. Uso saia curta, longo, maiô ou biquíni bem pequeno. Vou a lugares que desejo e tenho as amigas que me fazem bem.

Costumo ser um pouco ríspida com quem tenta se meter. Pergunto se, quando eu morrer, a pessoa estará lá para tirar com pinça o que naturalmente acontece a um corpo morto, ou correrá atrás do meu pó espalhado entre as árvores.

Esse corpo, capa frágil da minha alma, pertence a mim, bem como o seu a você. Ninguém mais tem direito sobre ele. Sei que isso é uma construção interior. Talvez seja difícil reconstruir e retomar seu próprio corpo, mas é importante, afinal ninguém mais é dono dele, a não ser nós mesmos. E o que escolher é sua decisão. Que suas decisões te tragam paz e felicidade para seu corpo, sua mente e sua alma.

Não permito mais que me magoem, ou ditem sobre o corpo que só a mim pertence e a que devo cuidar com respeito, amor e admiração.

A cor de dentro

Eu nunca tive medo de tomar vacinas, nem de que colhessem meu sangue para exames, inclusive, sou doadora. Deixei de doar pelas minhas tatuagens, fator que não permite que você doe durante um tempo.

Este título foi escolhido antes mesmo que o livro se tornasse real, com todas as suas folhas e verdades.

Qual seria a cor de dentro? De dentro de quê? Do corpo? Da alma? Das cicatrizes? Do amor? Da dor?

O mundo todo é multicor. Se olharmos com um microscópio, uma única folha apresentará tantas tonalidades que ficaremos surpresos. As cores de um pavão, uma águia, os olhos de um gato, os tons de uma única flor de acordo com o passar das horas...

Somos, nós humanos, pretos, amarelos, brancos, vermelhos, e ainda há seres que acham que são melhores por conta de sua cor de fora. Ah, humanos. Imagine os passarinhos deixando seu canto livre para discutir a sua diversidade?

Qual a cor de dentro, a sua, a minha? Diversa como tudo nesta terra. Se nos cortarmos, certamente o sangue será vermelho, não haverá azul ou verde ou amarelo. Por dentro, somos iguais e diferentes, exatamente como por fora.

A cor que corre dentro das nossas veias tem alma, e se difere em cada ser. A intensidade do amor, as batidas do coração e o frio na barriga mudam a cor de dentro, elas se iluminam como estrelas brilhantes no céu da cidade do interior, nas praias sem luminosidade. Pontilhados e várias estrelas dançando em sua cadência, brincando de roda, alegrando todo o universo. A cor do amor.

Há a cor do ódio, tão cinza que se parece com a guerra, onde a fumaça sobe e nada mais se enxerga, onde não se veem os bebês abandonados, pois o nevoeiro cega o olhar e vidas são ceifadas, se não na realidade do ser, no horror da alma que se perde.

E há também a cor da dor. Essa cor é diferente, ela não preenche tudo como o nevoeiro cinza do ódio, nem o azul cintilante da alegria do amor; ela tem a cor transparente, que devagar vai tomando as partes do corpo, tirando suas cores naturais e transformando em nada. Essa cor por onde passa deixa a sensação do vazio, e por isso as mãos tremem, os lábios adormecem, o coração pulsa lento, os pés desistem de andar depressa e os olhos tentam e tentam limpar essa cor, colocando-a para fora do corpo. Qual é mesmo a cor da lágrima?

Esta obra foi composta em Adobe
Garamond Pro 12/14,4 pt e impressa
em papel Pólen Soft 80 g/m² pela
gráfica Meta.